时代长镜头

风雨路

刘涛＼主编

经济日报出版社

图书在版编目（CIP）数据

时代长镜头．风雨路/刘涛主编．—北京：经济日报出版社，2019.12

ISBN 978－7－5196－0632－9

Ⅰ．①时… Ⅱ．①刘… Ⅲ．①新闻－作品集－中国－当代 Ⅳ．①I253

中国版本图书馆 CIP 数据核字（2019）第 302024 号

时代长镜头·风雨路

作　　者	刘　涛主编
责任编辑	高　远
责任校对	李艳春
出版发行	经济日报出版社
地　　址	北京市西城区白纸坊东街 2 号 A 座综合楼 710（邮政编码：100054）
电　　话	010－63567684（总编室） 010－63584556　63567691（财经编辑部） 010－63567687（企业与企业家史编辑部） 010－63567683（经济与管理学术编辑部） 010－63538621　63567692（发行部）
网　　址	www.edpbook.com.cn
E－mail	edpbook@126.com
经　　销	全国新华书店
印　　刷	北京建宏印刷有限公司
开　　本	710×1000 mm　1/16
印　　张	16.5
字　　数	175 千字
版　　次	2020 年 3 月第 1 版
印　　次	2020 年 3 月第 1 次印刷
书　　号	ISBN 978－7－5196－0632－9
定　　价	42.00 元

序言
Preface

大时代，小人物

□刘涛

我常常在想，个体与时代相遇，会发生什么，又会留下什么。

时代是一场大戏，每个人都是其中的一个角色，或轻或重。有人拨弄着时代的浪花，乘势而为，成为聚光灯下的宠儿；有人拼命地活着，尝试在历史大幕上投下些许残影。每个人的故事不尽相同，但都无比真实。那些让人泪流满面的叙事，无一不是对真实的真诚演绎。因为，没有比真实更让人动心的故事。

立足人物，走近时代，一个绕不开的认识命题就是历史及其叙事。我们需要什么样的关于历史的叙事？进一步说，小人物的故事和命运，是否被讲述者置于正当的历史位置上？

什么是历史？历史就是一部分人告诉另一部分人过去发生了什么。“一部分人”是谁，“另一部分人”又是谁，通过何种方式“告诉”对方，这已经超越了简单意义上的信息传播命题，而是在回应更大的“历史叙事”问题。历史叙事的常规操作是，首先按照主流意识形态的规约，确立重大事件、重大议题、重大人物，然后在时间维度上发现、建立，甚至重构它们之间的逻辑勾连，使其成为一种相对封闭的叙事。

为什么关注小人物的微观记忆？因为我们致力于打开历史叙事之外的另一种可能，打捞通往历史话语的另一种“言说方式”。必须承认的是，记忆是对宏大历史叙事必要的补充和延伸，它赋予坚硬而冰冷的历史一定的温度和细节。当历史超越了纯粹的“话语”维度，获得“人”的视角和叙事，这样的历史才是丰满的，冒着“热气”的。

与此同时，记忆虽然微弱，缺少逻辑，却保存了历史叙事所不具备的“另一副面孔”。相对于历史叙事所提供的理性、结构性、逻辑性和总体性，普通人物的微观记忆是感性、碎片化、非连续性的，其与生俱来的属性就是对逻辑和话语的拒绝。打捞那些被主流叙事忘却的微观记忆，有助于我们建立一种高贵的反思框架，从微观命运中审视历史的话语及其合法性，进而与宏大话语保持一定的公共距离。所谓的历史担当，恰恰来自于我们对历史及其叙事的完整认识。

因此，历史叙事与微观记忆的“相遇”，可以是一种携手共进的状态与过程。贾平凹说：“你在写一个人的故事的时候，这个人的命运发展与社会发展在某一点交叉，个人的命运和社会的时代的命运在某一点契合交集了，你把这一点写出来，那么你写的虽然是个人的故事，而你也就写出了社会的时代的故事，这个故事就是一个伟大的故事。”

五年前，我们穿越十年中国，记录时代的瞬间，出版了两本学生新闻采写作品集《100个人眼中的中国十年·记录》和《100个人眼中的中国十年·行走》。这是不同于主流媒体的另一种叙事，一百多篇文章，无不聚焦“大时代，小人物”这一主题，思考个体与时代的相遇“方式”。

五年来，风云变幻，宏大议题接连上演——2015年抗战胜利70周年，2016年红军长征胜利80周年，2017年香港回归20周年，2018年改革开放40周年，2019年新中国成立70周年。我们昂首迈入了又一个“大时代”。过去有太多值得感慨的故事，而我们依旧相信，最真实、最有力量的中国故事，岂能绕开人的命运？个体的故事和命运里，保留了关于时代的所有注解。

一位老人，从普通农民到全旗第一位“万元户”，在时代浪潮中，千难万险，又柳暗花明。

一个农村孩子闯出山林，当上令人称羡的医生。殊不知，他是在强辐射的伤害下坚持着日复一日的手术，而其收入远比不上这份付出，有时候还要面临患者的不理解。

一个缅甸姑娘，偶然接触了汉语，却单纯地因为热爱而放弃上大学、当工程师的机会，来到中国求学，立志从事汉语教育。

农民、医生、学生，都不过是你我身边的小人物，却又都带着大时代的烙印。小人物的切身经历，才是时代最真实的反映。透过他们的故事，我们或许能拼出一幅更完整的时代图景。

冯骥才说，以我的感受，大人物的经历不管多么跌宕起伏，也不能和小百姓相比。大人物的问题总容易解决，小百姓们如果没碰对了人，碰巧了机会，也许很难遇到命运的晴天。

2019年，恰逢新中国成立70周年，一个时代的流金岁月在这一刻彰显。我们自豪地回望过去，始终没有忘记“大时代，小人物”这一主题。多年来，我一直教授《新闻采写》课程，我和学生们努力走进小人物的生命，聆听他们的故事，尝试为百年后的中国留下一些真实的往事、一群可爱的面孔、一段宝贵的史料。

于是，我带着学生反复打磨，屡次修改，最终呈现给读者《风雨路》

《铺路石》《浮生掠影》《烟火人家》《新青年》五册新闻采写作品集，命名为“时代长镜头”系列。我们的思路非常清晰，即寻找个体命运与时代脉搏之间的共振，并通过“长镜头”的方式，将这种共振状态完整地纪录下来。

长镜头在电影中是一种特殊的表达方式，即用单个长时间拍摄的镜头而非切换的镜头来进行表达。连续的时空中，长镜头聚焦、定格，喜怒哀乐、世间百态、人间烟火，刹那永驻，沉在历史的长河中。斑驳光影掠过，我们试图留住片刻。对于时代变化的展现，我想，让更多小人物出现在镜头里，就如同把被遗忘的碎片放回到时代的拼图中，呈现出时代的细微之处。

我们期望，在这里，你能看到社会百态、风雨人生。在这里，时空交织，瞬间即是永恒。在这里，看见瞬间，理解中国。

“山上层层桃李花，云间烟火是人家。银钏金钗来负水，长刀短笠去烧畲。”刘禹锡笔下的山景之美，来自山村人家的劳动之美。《烟火人家》一册记录的正是这样一群为未来奋斗和坚守的人，分为“恒”“守”“归”“根”四部分。一位突发摄影记者把自己比喻为空降兵，一个电话指哪奔哪，曾雪夜追车，曾走入汶川，曾逼近日本福岛，只为记录和展示真实。一个农村青年早年漂泊，最后选择回到乡村当教师，是转折，也是人生归宿，更是一辈子的责任。两位印尼华侨年少时不约而同地回国，投身祖国建设，只为那颗赤子之心。怀揣相同梦想的两人渐渐走到一起，成了眷属，携手共见证祖国的发展。两人初心未改，终收获了当下的安逸幸福。

但努力拼搏的过程往往是不平静的。不可阻挡的时代潮流涌来，小人物浮浮沉沉，顺流而下。在这些漂浮的人生中，我们摘取了努力适应潮流、拼命向前游动的故事，分为“磨”“炼”“绽”“放”四部分，收录在《浮生掠影》中。改革开放潮流中，一个来自小山村的青年顺流南下到深圳打拼，从当工人到卖猪肉再到边卖猪肉边打零工，一心想在深圳买下一套房，成为真正的深圳人。1977 年，中国恢复高考制度，另一位农村人盼来了出头之日，殊不知这条路走得格外曲折，所幸最终也遂了改变命运的愿望。

回顾这一路，风雨兼程，砥砺前行。时代的发展不总是一帆风顺，小人物的或悲或喜是他们的，也是时代的。段段前进路上的挣扎、坎坷、曲折被收录在《风雨路》中。有一群人，他们想要把家安在城市，但又深知自己的根在农村，一直在往返，渐渐迷失，留不下，也回不去。有一群人，在岗位上兢兢业业，但问题说来就来，也不知是自己不够努力，还是造物弄人，有的人选择随时代浪潮走，有的人则坚持走自己的路。这些磕磕绊绊的人生故事分别以“田园将芜胡不归”“山重水复疑无路”“千磨万击还坚劲”三个篇章在《风雨路》中呈现，以窥见和反思时代前进中的问题。

风雨不停，但还好有默默奉献、甘当铺路石的一群人在为时代的未来铺设一条康庄大道。诗人左河水如此描写铺路石：“许身路径亦凌空，烈日冰霜伴夏冬。承踩扛压迎送乐，为因大众赴前程。”他们或在用一生守护前人留给我们的文化遗产，或在社会主义市场经济体制下开荒拓土，或在基层岗位上奋斗拼搏，不为人所熟知，却用心血和汗水为中国发展打下了坚实基桩。这样的故事被集结在《铺路石》一册中，该册包括“时间走过”“扬起风帆”“跌宕起伏”“栉风沐雨”“生生不息”五部分。

凡为过往，皆为序章。回望过去是为了更好地计划未来，而那颗不安于现状的心正是新潮流的起点。因为钟情于表演，她不甘受限于家庭条件，在网红圈努力开创自己的道路；因为执着于独立调查，他蜗居于 7 平方米的家，艰难经营自己的自媒体平台；因为痴迷于摇滚，他不愿囿于安逸的生活，拿起鼓槌奏起独一无二的人生曲。《新青年》中这样的青年人物比比皆是，他们躁动不安的心既为时代所形塑，也推动着时代的前进。该册包含“时间的沙”“上帝的门”“心里的锁”“船上的人”四个篇章，叩问心灵，寻找梦想。

在时代的巨浪中，小人物浮浮沉沉，或拥有美好回忆，或留下遍体鳞伤的痛苦，但他们的故事都印证着社会浪潮的翻滚、岁月流过的痕迹。闭上双眼，过往的时光一幕幕闪现于脑海，缝合起来便是人生的片段。拿起笔，鲜活的故事一段段跃然纸上，收录成书便是时代的缩影。

70年，有人沉默，咬牙在绝境中披荆斩棘；有人坚忍，负重在潮流中奋力前行；有人勇敢，迎变在迷雾中努力探索；有人智慧，借机在变革中脱胎换骨……

道不尽人间烟火，数不清浮生掠影。“时代长镜头”系列丛书的出炉，离不开多年来参与稿件编辑和校对的学生们，他们是朱思敏、刘倩欣、蔡楚萍、许诗颖、关星杨、邹露、金雅如、赵媛媛、卢琳绵、连紫嫣、陈雪仪、郭美婷、董欣迪、梁思华。

时代长镜头里，记录着“大时代，小人物”的风雨人生。70年，我们带上厚重的过去，朝着梦想再出发。

往事，再回首；烟火，是人家。

是为序。

目录
Contents

Chapter Ⅰ
田园将芜胡不归

苏师傅的 16 年救宠之路

这里是一片行将被忘却的荒原。呈现在我们目视之中的，仅有稀疏排列的低矮破旧的房屋，和几位孤零零坐在荫翳处的老人。时间在这略显灰暗的生命容器里布满老迈的褶皱，缓慢而缄默地流逝。

而在此地一处小山坡上，石阶的延伸所向便是宠之谷救助站。蓝色铁皮门的背后，是数十只流浪猫狗共同的容身之所。

苏师傅是站内唯一的负责人。自 2016 年 10 月从土华爱护动物协会辞职以后，他便与几位热心义工自费筹建了宠之谷，以求遵从本心继续经营自己的梦想。在这段岁月里，他就像深夜里的独行者，在未知中彷徨摸索，编织着名为希望的光芒。

救助站目前以宠物寄养、训练为基本收入来源，维持着站内土地租金缴纳、流浪动物收养救助以及防疫工作。然而，入不敷出的资金却使宠之谷的运营蒙上一层阴影。

“救助目标是一万只”

踏着一级级布满青苔的石阶，犬吠声渐渐清晰可闻。正弯着腰给狗喂食的苏师傅瞬间被蜂拥而至的狗群淹没。他逆着光线的背影，在苍翠欲滴的龙眼树的映衬之下显得有些孤独和疲惫。

这是他从事猫狗救助事业的第16个年头。16年的岁月宛如一把利刃，无时无刻磨削着他健硕而富有活力的背脊，挑动他神经的痛处。

他也曾是一个顽皮淘气的少年。15岁时，苏师傅就读于家乡的一所体校。和周围同龄的男孩子一样，在他体内奔流涌动的精力仿佛永远没有耗尽的时候。他甚至还带领足球班上的40多名同学旷课去打老虎机，只留与老师一个空荡荡的操场，顽皮的他让老师和父母为此头痛不已。几番说教之后，苏师傅决定依从父亲的意愿入伍当兵。

“我当时才15岁啊，真的是哭鼻子，后来我妈去部队陪了我十几天。可是又有谁当兵让老妈陪着的，让人家笑话。”苏师傅聊起自己的往事时，脸上满是轻松舒展的笑容。

部队训练警犬的经历，成为苏师傅日后救助流浪动物的契机。在长期与狗的相处历程中，他渐渐学会理解那专属于它们的表情和语言。在他看来，猫和狗都是流溢着灵性的动物，和人一样拥有各种各样的性格和喜好。

“像外面有一只狗喜欢咬人，曾经因为咬伤了义工而被关禁闭。有的狗不喜欢被抚摸，还有的狗喜欢咬卷纸，甚至把纸弄得到处都是……”他如此描述道。对他来说，多年的救助生涯充斥着欢乐与泪水。然而，照顾流浪猫狗无疑是他生活中最重要、也是最快乐的一环。

“狗就跟自己的孩子一样，它们也很喜欢和我玩。”苏师傅露出慈爱的微笑，“在训练任务完成以后，一定要奖励它们才好。它们也会乐意的。”

以训练服从性为主要目标，站内的每一只狗都需在他的带领之下，学会坐、卧、立、握手及随行等动作。在此过程中，苏师傅得以与每只狗建立起深厚的感情和默契。

对宠之谷里的狗来说，短棒、皮球还有飞盘是它们平日里最喜欢的玩具。面对初次训练时对口令有些不知所措的它们，苏师傅会耐心地告知其应该怎么做，如果做得好就会给予食物、玩具等奖励。久而久之，狗便形成一种条件反射，于是也越来越积极地配合训练。

每逢春节临近之时，站内流浪猫狗数量剧增，苏师傅时常不能回家过年。当夜幕降临、绚烂的火花绽满天际之时，他便孤身一人在“毛孩子们”身边坐下，默默抽起烟。在缭绕的烟雾中，在与动物的亲密互动中，迎接新一年的到来。

苏师傅说，每次从外面回来后被狗群环绕、争抢着等他拥抱是他一天中最高兴的时刻。

但与此同时，他也不得不经常面对猫狗的伤病和死亡。尤其在天冷时，猫狗很容易着凉，苏师傅为此常需要半夜定时去查看它们的状况。而当有狗病死的时候，他表示，会难过得“甚至半个月都抬不起头来”。

尽管如此，苏师傅仍然在每一天的细枝末节里不断收获着感动。2018年9月，在为一只流浪狗找到新主人之后，他深刻感受到了来源于狗的浓厚情谊。“那个阿姨抱着它走到楼梯准备拐弯的地方时，它‘扑通’一声跳下来往回跑，用爪子扒着铁门……通常狗哭的时候都只是眼睛湿湿的，但那次我真的看见它像人一样地流眼泪，一滴一滴的。”苏师傅正是这样，在救助的历程中不断与不同的生命缔结联系，并构筑起深厚的感情。

16年来，苏师傅共救助了6321只流浪猫狗，他仍希望凭借自己的力量继续挽救更多的生命。“流浪猫狗那么多，我救一万只就退休回家。”他说。

“说来还是人的意识问题”

那是三年前某个周日的上午。一名义工正在自家阳台闲适地坐着。明媚的阳光洒在他的身上，潋滟出一丝淡淡的温暖。他感到舒服自在，视线不由自主想要追随那光芒。

然而下一秒的景象，却让他惊愕地发不出声。

楼下的阳台上，在金色的暖晖中，有人将刀刃刺向了一只猫……义工认出他是昨天在站内领养小猫的那个人。呆滞了半晌，他慌忙掏出手机，拨通了苏师傅的电话。匆忙赶来的苏师傅见状懊悔不已，但一切早已无法挽回。

“像猫和狗这么有灵性的动物，我说你怎么忍心下手杀了它吃啊……”苏师傅谈及此事一时语塞。

根据苏师傅向作者提供的数据，救助站现有流浪狗 39 只，流浪猫 12 只。最多的时候，站内曾一次性收容了 300 多只猫狗。

究竟是什么原因造成众多的动物流离失所、沦落街头，甚至于成为人们的盘中餐？苏师傅认为，说到底还是人的意识问题。

站内的许多猫狗，是以各种理由被“丢弃”的。

2019 年除夕夜凌晨 2 点半左右，苏师傅迷迷糊糊听见外面不时有狗低沉的哀鸣。他担心猫狗生病，于是翻身下床，打开手电筒，摸索着走出去查看情况。推开门时，睡眼朦胧的他却惊讶地发现救助站旁边的树干上拴着 20 多条狗，门口则摆放有 11 只猫笼，里面共有 16 只猫。每只猫笼上都贴着写有“谢谢收留”的便笺纸。

此外，苏师傅还收到过一些因病而被主人送来救助站的宠物。这些宠物主人也不乏大学生。

宿舍内养宠物素来被大部分院校明令禁止。然而，这种行为却屡禁不止，最终酿成了猫狗流浪的悲剧。

苏师傅说，学生将宠物送来救助站，多是由于养宠与舍友发生争执、毕业后无法留在身边或者无力支付昂贵的治疗费。诸多因素致让他们对承担责任望而却步。

针对上述情形，对宠物领养人进行严格审核成为解决问题的重要途径。对苏师傅而言，领养人是否有责任心、是否有经济能力、领养后是否会影响日常生活是他考察的重要内容。对此，除了签订领养协议外，他还会不定期地对领养家庭进行回访。

尽管令苏师傅感到伤心难过的事情有很多，不过，他还是从很多人的身上感受到了温暖，捕捉到了希望。

宠之谷时常有由学生和社会各界人士自发组成的义工团队前来帮忙，为了减轻苏师傅的负担捐赠猫粮狗粮、领养动物的人也比比皆是。“热心人还是比较多的，大家都是能帮就帮。义工也会发动身边很多朋友过来领养。”他说。

经营依旧困难

但是，常年从事流浪动物的救助工作的他早已将家里的积蓄花费得干干净净，妻子也因此忍无可忍而离开。家人的身体状况亦不理想，儿子更是不幸于 2018 年 7 月罹患直肠癌……生活的沉重蹄铁一直压迫在这名中年的胸口之上，而不给予他片刻喘息的机会。

此外，截至 2019 年 3 月，宠之谷建立之初向数位热心义工筹集的资金仍有 1800 余元未偿还，房租也是一拖再拖。救助站的经营仍然面临不小的困难。

为了避免引起误会，苏师傅经营至今未曾向社会进行过一次众筹。也正因如此，他需要经常性地承担各项诊疗费用。

现如今，救助站平时的收入来源仅有微薄的训练及寄养费用。并且，这些费用也只有市场普遍价格的一半左右。

“我不是不想赚多一点，但很多养宠物的人并不富有，你要体谅他们啊。我也希望通过减轻他们的费用负担来减少流浪猫狗的数量。”苏师傅解释道。

他同时也表示，自己曾想过与别人合作。但是对于他们提出的限制收留数量、领养时收取费用等要求，苏师傅认为这与他救助的初衷偏离太远。“感觉像是在做关于猫狗的买卖。”他说。

阻碍苏师傅继续经营救助站的困难远不止这些。

猫狗本就不是珍稀保护动物，食用猫肉狗肉亦常有之。救助流浪猫狗、抚养它们直到最后更非人们必须履行的义务。在社会对这一类保护机构的质疑声中，苏师傅艰难地前行着。

成立仅短短数年的宠之谷已历经沧桑。在苏师傅饱经风霜的脸上，我们看到了他对未来的期许与担忧。如何扩建场地、改善站内设施条件，以及如何构筑自身在社会之中的形象，唤起更多人的爱心，依旧是他今后需要面对的难题。宠之谷的建设，依旧有很长的一段荆棘路要走。

（文中人名均为化名）

（文 / 齐心圆）

你在街角，我在流浪

在广州有这样一个街角，一个破旧、杂乱的废品站里面蜗居着一家十几口人，还有几个长居的流浪汉，这就是“中国好人——尚丙辉”的家。

初来乍到，遭受打击

尚丙辉，安徽临泉县人。1965 年 2 月出生，由于家贫且兄弟姐妹众多，1999 年，作为家中老大的尚丙辉南下广州打工。

34 岁的尚丙辉初进广州，这座繁华的城市在他刚来的第一个月，就给了他一个下马威。

尚丙辉在中山一路，辛辛苦苦地摆水果摊位赚了 700 余元。尚丙辉满心欢喜，这一个月来血汗钱，终于能让自己吃上饱饭，也终于能够寄钱给家里，让家中父母与兄弟姐妹拮据的生活有所改善。

但是就在他回家的路上，一个劫匪“嗖”地从街角冲了出来，试图抢走尚丙辉在广州的“第一桶金”。

但是，这笔钱对于尚丙辉来讲何其不易，他自然不会轻易放手。可是初来乍到的尚丙辉怎么也没想到，劫匪对这笔钱的执着。

尚丙辉回忆道，“我当时只想着这笔钱怎么都不能丢，根本没想过自己会怎样。”

最终，尚丙辉不仅钱财尽失，而且人也受了重伤，躺在血泊中，昏迷不醒。

有位老人路过看见了奄奄一息的他，帮忙叫了救护车，把尚丙辉送到医院治疗，这一切尚丙辉感激在心，却未能表达出来，只是在推往病房前，眼含热泪，紧紧地握着老人的手。

老人也许明白尚丙辉现在的处境之艰难，在危难之际，他不仅救了尚丙辉，还留下了一些钱来帮扶尚丙辉日后的生活。

老人的帮助对于当时一贫如洗、生活艰难的尚丙辉来讲，无疑是最大的支撑与关怀。但是帮助了尚丙辉的老人却什么信息也没留下，悄无声息地离开了。

尚丙辉先生至今仍觉得可惜的是，自己未能问清老人的姓名与联系方式。诚然，也是因为老人未曾想过让尚丙辉先生报恩，尚先生在回忆老人时，眼里仍旧眼含热泪，他摸着自己的一手老茧，哽咽道，“老人的手，也是这样一手老茧，但是却温暖、有力……”。

梦回广州，寻求报恩

遭受重创的尚丙辉，在伤好后，回到了家乡，在家乡休息调整了一年。这一年中，尚丙辉先生想了很多。自己辛辛苦苦赚的钱，不仅被人洗劫一空，还身受重伤。这个回忆，在尚先生的脑海里，挥之不去，他记得那个街角，他记得那个夜晚，他记得他倒下的血泊……可是他更记得，有位温和、善良的老人，在他生命垂危、生活最艰难的时候，伸出了援助之手，将他从死神手中夺回，让他重新感受到生命之光、之热。

于是，他选择回到广州，回到这个曾让他感受到恶意，却又让他感受到无限温暖的地方。

当火车驶入广州的那一刻，尚丙辉的内心五味杂陈。终于，他坚定了决心，提着行李，汇入了人流。他想，一定要找到老人，表达自己的感恩之心，虽然自己能给予的不多，但哪怕只是一句“谢谢”，尚丙辉先生也觉得心满意足。

但是，那么大的广州，尚丙辉凭借着一年前的记忆，怎么可能找到一位不知姓名、不知住址，甚至连长相也在他的记忆中渐渐模糊的老人？尚丙辉先生找了许久，却始终杳无音讯。最终，因为经济无法支撑，便决定在广州一边打工赚钱，一边继续寻找老人。

可造化弄人，尚丙辉找了一个月工作仍没着落。在他回冼村的路上，偶遇一位电工爬着摇摇晃晃的梯子抄表，他本能地过去扶着。小小的善举，勾起二人的谈话，电工马上为他推荐了一个出租房屋的活儿。靠着租房给人，生活逐渐稳定的尚丙辉开始每日骑单车去寻访当年救过他的老人，但仍旧没有着落。“无法报恩，我就想着日后有能力了要多帮助别人，把善心传下去。”尚丙辉如是想到。

尚丙辉先生做的第一件善事，便是帮助是一个叫阿兰的姑娘。当年 19 岁的她被一名男子骗到冼村附近的香蕉林意图施暴，深夜阿兰的呼救声打破了宁静。穿着拖鞋的尚丙辉迅速拿起一根棍子走向香蕉林，及时救回阿兰，让她住进了自己尚未租出的空房里。阿兰在挣扎中胳膊骨折，第二天，尚丙辉便号召所有的租客为其凑齐了 200 元去华侨医院打石膏。阿兰养伤期间，附近一位河南小伙常来看望，尚丙辉见二人心意相投，在他的撮合下二人最终结为夫妇。

多年后，那位河南小伙还常常念叨，“没有尚大哥，就没有我们现在的幸福家庭。”而尚丙辉先生在回忆起这件事时，更是嘴角挂着微笑，说道，“就是随手之劳，而且两人真的情投意合，何乐而不为呢？”

尚丙辉先生总是这样，在提及自己所做的好事时，总是一句话带过，而讲起别人的幸福生活时，却又滔滔不绝，把别人的幸福看得比自己的幸福更重要。

此后，尚丙辉先生将老人的这份善意继续传递了下去，虽然找不到老人，但是老人乐于助人的精神却永远留在尚先生心中，也落实在了尚先生平时生活的一点一滴中。

2002 年，尚丙辉在天河客运站附近租下了一间小屋，开始做起了废品收购生意，他也因此结识了众多以卖废品为生的流浪者。帮助萍水相逢的陌生人，对尚丙辉来说就好像当年的老人帮助自己一样。慢慢地，帮助收留流浪汉已然成为了他的习惯，不足 20 平方米的废品收购站俨然成了“流浪者救助站”。

尚丙辉先后获得“天河好人”“广州好人”的荣誉称号。2014年12月22日，在天河区文明办的主导下，“尚丙辉关爱外来人员工作室”依托天河好人志愿服务队正式挂牌成立，从而为更多有需求的人提供了解决困难的平台。

将老人的爱心传递下去，尚丙辉先生将善良与大爱谱写到了极致。

几经误解，不忘初心

在我们去采访尚丙辉先生时，正赶上他外出看望一位孤寡老人——黄老伯。黄老伯住在距离“尚丙辉关爱外来人员工作室”4公里远的地方，我们一行人骑车40分钟才抵达其住处，住处有些寒酸，但是黄老伯对尚先生、对志愿者的欢迎却十分热情。

黄老伯，尚丙辉资助人群中的一个。黄老伯六岁时便失去了父母，之后一直到处流浪。1994年，黄老伯来到广州。五年前，黄老伯在天河客运站附近的一片山林开始了孤身一人隐居的生活，88岁高龄的他早已失去流浪的体力。偶然的机会，尚丙辉发现了他，常常探访照顾，每个星期给他带去维持伙食的油、米和肉类，每个月还为他提供现金资助。

探访期间，尚丙辉先生和老人始终愉快地交谈着，有时聊聊家常，有时还开开玩笑，使人感觉到十分的亲切与温暖。

但是后来回到工作室，尚先生给我们讲了个“令他十分心寒”

的事。

2015年11月20日，一通电话将“天河好人”尚丙辉召到了广州天河区元岗派出所。尚丙辉赶到派出所，惊讶地发现，报警人是他资助了三年多的老人黄老伯。原来，派出所是来通知尚丙辉来领人。

自从几年前，尚丙辉发现了他，不仅常常探访、照顾，还每个星期给他带去维持伙食的油、米和肉类，以及每个月为他提供500元零用的资助。

然而，老人并不体谅尚丙辉。每当尚丙辉帮助他人时，老人就不高兴。“上次我帮一个60岁的老人，他就说‘那个人比我小这么多，你还去帮他’。”老人多次要求尚丙辉不要帮助别人，让尚丙辉很头痛。

2015年，尚丙辉生意亏了十几万，手头十分拮据。当年春节，他请流浪人员吃饭，每个人派了100元红包。老人却生气地说：“你以前都是五百五百地给，是不是名气大了，看不起我？”甚至在8月，尚丙辉因腿伤入院，老人联系不上他，到尚丙辉工作的废品收购站大吵大骂。

在派出所当晚，尚丙辉问老人：“为什么不到家中找我，却到派出所报警？”原来，老人怕尚丙辉家人不满，加上自己不好意思，只能报警找他，实际上是想要钱。最终，尚丙辉给了老人200元，又劝慰了一番才让他回去。

当问及被受助人“责怪”，会不会害怕名声受损？他不假思索地回答：“怕？我一向不计较这些，我用行动证明初心，受助人的这些责怪不会影响到我的名声，只是有些困窘。”

尚丙辉说，当时自己有些寒心。“对他比我亲爹都要好，他却这样对我。”他开始有些生气。但后来他想通了，“人到老年，就像孩子一样，想怎样就怎样，如果我不管他，他一个孤寡老人怎么办？”

尚丙辉先生笑着说完，又继续去忙着帮助、照顾其他流浪者了。

尚先生讲的云淡风轻，仿佛这件事发生在别人身上，而他只是个旁观者。

但是，仔细回味，对于几年前丝毫不理解尚丙辉先生的老伯，尚先生却依旧是那么尊重，哪怕是误解，是不停的怀疑，都没有改变尚先生帮扶救人的初心，这样的作风着实让人敬佩。

尚先生提及“用行动证明初心”时，我看得到他眼里的坚定。的确，一个初心是为人民服务、为帮助更多的人、让更多的人感受到温暖的人，怎么会计较得失、计较名利、计较别人眼中的自己？

公益路上，砥砺前行

2015 年上半年，行业环境不景气，废品价格下跌近五成。尚丙辉收入大减。但尚丙辉想：“一直在受接济的人，已经十分信任我了。如果一下子不去接济，或求助其他机构帮忙，就会引起受助者的不信任，他们会更加孤苦无依。”

于是，他向亲戚借了 9 万元“专项”资金，来用于帮助这些困难群体。但他从来没有对受助人讲过自己的困境。

为了受助者们，在生活方面，尚丙辉对自己永远是最“抠”的那一个，一双鞋只要没有穿烂，就不会买新的。唯一的一套西装，也是为了参加各种颁奖典礼而“咬牙”买的。但是对街边的流浪汉，尚丙辉却十分大方，十几年来，他坚持每天晚上去帮助流浪汉，一盒五块钱的牛奶，尚丙辉自己都不舍得喝，却毫不犹豫地买来分发给街边的流浪人群。

在尚丙辉的工作室中，两间不大的屋子，一间供志愿者办公，另一间有上下 14 个床位供流浪者暂住。工作室距离尚丙辉的废品收购站 1000 米左右，他每天都骑着自行车往返于租住地、收购站及工作室的三点一线之间。

直到现在工作室里还住着十几年来一直受尚丙辉照扶的残疾孤寡老人徐小柱。2001 年，徐小柱在天河客运站附近的一家餐馆乞讨时，遇上了正在里面吃饭的尚丙辉。尚丙辉为他买了一份盒饭，知道他孤苦无依的情况后，便常常给他送食物，帮他租房子付房租。

“他对我比亲人还好，他是个大好人。”说到此处，徐小柱十分动情。

陈仲文，是尚丙辉工作室的一名志愿者，经常跟随尚丙辉做志愿活动。谈到尚丙辉，他认为尚老师最令他感动的就是，虽然自己生活窘迫，但依然拿出了自己大部分积蓄帮助别人。这么多年来，全家将近十口人依然蜗居在废品收购站旁的出租屋内，却毫无怨言。

也正是因为尚丙辉先生的以身作则，以及这份质朴与执着，才会有那么多像陈仲文一样的志愿者甘愿跟随，也有越来越多的人加入到了尚丙辉先生的队伍中。

尚丙辉先生现如今仍旧衣着朴素，低调地从事他的“垃圾大王”

生意，依旧帮助着一群又一群的流浪汉们，以及孤寡儿童。街坊邻居说他傻，说如果他不把那么多钱捐献给别人，他早就是个“有房有车”的有钱人了，何必还要这么穷酸艰辛。可熟悉他的人都知道，他活得是那么充实饱满、有意义！

但这些只是我们眼中的尚丙辉，在我们即将结束采访时，想让尚丙辉先生做个总结，这个憨厚朴实的安徽汉子，搓了搓双手，略带羞涩地说，“我就是想要报恩，想要去传递当年我所接收到的这份大爱，至于公益，也就是帮助别人，尽一己之力，为更多的人做更多的事！”

在尚丙辉眼中，自己只不过是个普通人，一个曾经被人救济，现在想要回馈社会的普通人。他没觉得自己有多伟大，他永远那么谦卑，他只是想要做个“简简单单、帮助别人的人”！

再后来，我们返程时，尚先生一直送我们到交通便利的地方，告诉我们怎么安全离开后，他才离开，拿出手机处理由于我们的采访所耽误的事宜。

直到他的工作人员透露，我才知道，采访当天，尚先生的母亲病重，尚先生在接受了采访后，立即订票返回了老家……

回来后整理文稿，翻翻相册，看到尚丙辉先生站在街角，阳光披在他的身上，熠熠生辉！

现在52岁的尚丙辉先生，也即将成为一个手上布满老茧的老人，而在尚丙辉先生的引导下，还会有更多人去帮助其他人！

曾经在一个街角，一个劫匪刺伤了一位外来务工者，但是一个老人却拯救了他的生命；现在在这个街角，尚丙辉用他的大爱撑起了一片希望，虽然贫苦，但却充实。

而还徘徊在路上的某些人，虽有家可归，虽处在繁华街景，但灵魂却仍在流浪，流浪着寻找它存在的意义……

愿我们都能心怀大爱，像尚丙辉先生一样，找到灵魂的归宿，不忘初心，砥砺前行，将大爱洒满人间！

（文 / 唐瑛瑶）

用一生，做好一件事

“不管未来将会是怎样，我还会和从前一样好好焙烤我的未来，焙烤我的人生。”徐继操，汕尾“兴华面包”的老板，品尝着他最爱的龙井茶说道。“如龙井茶一般的清香、温热”，是徐继操对工厂制作面包的要求，而他也30年如一日地为了这不变的口感而努力着。

18岁

“我18岁上完初中就出来打拼了。”徐继操是广东汕尾市海丰县人，一米六五的瘦小身材，略带严肃的神情，操着一口浓重汕尾口音的普通话，初见时很少人能猜到他是一位糕点师。

徐继操生于1969年，儿时家庭并不富裕，四个儿子，他是老三。老大老二的学习并不好，很早便出去打工了。因为家庭经济拮据，父母东借西凑才攒够钱让徐继操上学，所以徐继操上学比较晚。1988 年初三毕业时，他已经是 18 岁。徐继操的成绩在学校算中上游，不过要考高中仍有些许吃力。当时身边的几个同学都找家里要了钱，去到广州读建筑中专学校，他也动心了。

“还是不想给家里增加负担，想早点出来赚钱。”到广州读书的费用，徐继操知道对于爸妈来说是笔不小的开销，加上老四才刚上小学，他决定放弃去广州读书的想法，另谋出路。

初中文凭注定了他没有什么轻松活能干，徐继操只能去叔叔上班的酒楼打打下手。叔叔在海丰当地的一家酒楼制作糕点，那也是徐继操接触糕点的开始。一开始的他有点抗拒这份工作，当时的他认为，揉面粉做面包，就不是男人该干的事。

不过在酒店学了一段时间后，徐继操便开始转变态度了。仿佛之前接触过糕点制作一般，徐继操上手很快，师傅夸他“一点就通”。从选料、和面到包制、成型、烘烤，这些常人需要两三个星期才能完全掌握的烦琐技术，他一星期就能熟记于心。除此之外，他对于原材料的选用有自己独有的判断标准：手抓、眼看、鼻子闻，人们笑称他是糕点里的“虫儿”。他还研发了当时市面上所没有的糕点品种，在酒店销量极好。

“就像是一种魔力，我好像天生为制作糕点而生。”50 岁的徐继操打趣道，那个 18 岁的男孩并不知道，他的人生才刚刚开始。

30 平方米，2000 平方米

一年之后，由于酒店经营不善，生意日渐冷清，面包糕点的销量不容乐观。每月 105 元的收入虽然足够徐继操个人的日常开支，但孝顺的他为了让父母少点劳累，早点过上好日子，一股热血的他决定闯一闯。

徐继操想到了创业开店。由于经济发展较缓慢，加之当地人的饮食习惯，当时的汕尾还没有专门的面包门店，人们只有到酒楼才能买到面包糕点。徐继操在酒楼打工的一年，发现当地人对于面包的接受度已经逐步提高，加之自己研发的新品反响较好，于是他决定开汕尾第一家面包店。

那资金哪里来呢？ 19 岁的徐继操在朋友的介绍下，找到了当地的一位股东投资入股，开了属于他的第一家面包店——兴华面包。当时汕尾的店铺租金极高，并且合约三年需要先给两年的租金，徐继操咬咬牙，还是租了一间仅仅 30 平方米的店面。"'兴华'就是振兴中华的意思，那时候中国的经济渐渐提上来了，我们都觉得是个好名字。"

一切都是从零开始，一把刀具，一台烤炉，一个发酵箱，大大小小的机器，都是徐继操亲自挑选。如何用最低的价格买到最合适的材料，如何用现有的资源扩大门店的影响力，这对于仅有初中学历的徐继操着实是棘手的问题。不过好在当时的徐继操不是一个人摸爬滚打，他还有"背后的女人"——施爱玲，也就是他现在的妻子。

“我看到他的坚持不懈、精益求精，我想这个人无论做什么都会成功。”施爱玲与徐继操18岁相识，现在已经结婚23年。“说句俗套的，我当时就是一见钟情。”

开店远比徐继操想的麻烦得多。营业执照、卫生许可证、税务登记证，徐继操踩着单车整日往乡镇上跑，烈日暴晒，汗水不断淌下，脸上好几处晒脱皮。累吗？当然累啊，但是看着店里的装修接近尾声，徐继操心中止不住地激动，他已经做好准备大干一场了。

不久，“兴华面包”开张了。这是常人眼中极为平凡的一天，却是徐继操不平凡的开始，那晚兴奋的他还与朋友小酌了几杯。

刚开店的三天，徐继操搞了八折促销活动，生意十分火爆。因为是当地的第一家面包店，并且徐继操将面包价格定得比酒店低，人们一传十，十传百，开张的第一个月，人气旺收入稳定，徐继操很是满意。

接着，徐继操购置了一台大货车，他决定去到广州采购更好的原材料。由于面包销量高，原材料消耗也快，徐继操每半个月就会独自一人前往广州采购。当时高速公路还没修好，从汕尾到广州需要走七个小时的车程，于是徐继操半夜12点从汕尾出发，一路走走停停，早上七点才能到达广州。然而许多店面八点钟才开门，他就买几个馒头包子，蹲在店面口，一边草草填饱肚子，一边等待店铺开门。

一间小小的店面，仅有两个人经营，困难程度可想而知。为了节省人工费，徐继操和施爱玲只能咬牙坚持。徐继操既当师傅，又当收银，有时候还要外出送货。提起那段日子，徐继操似乎有说不完的话，“那时候还没有专门和面团的机器，只能自己用手和。为了保证每天做出足够量的面包，我就一次性和很多，整支手臂全是肌肉酸痛，痛得晚上睡不着觉。”

那时候的徐继操，忙碌而又幸福，面包店的生意蒸蒸日上，家庭经济条件也得到了改善。对于糕点制作这件事，他不再只是热爱，更是多了一份坚持。在那个物质匮乏、人们思想相对比较保守的年代，焙烤业是个不起眼的行业，糕点师傅在人们眼中是“累”的代名词，但徐继操依然坚持着这份事业，他向别人介绍自己的职业是“糕点师”，他坚信有一天会得到人们的认可。

即使现在的徐继操拥有了将近 2000 平方米的大型厂房，但那间简陋的 30 平方米小店，却一直是他心头的牵挂，那是一段痛并快乐的日子。

糕点师，出租车司机，糕点师

三年后，合约到期，店铺不让续租，徐继操另找了一间店铺开始生意。由于店面地理位置的不佳，加之旁人眼红，许多人都开始做起了糕点生意。那时候徐继操聘请了一些师傅做糕点，传授了自己多年经验总结的独有技艺，师傅学成后却自开门店，同行的抄袭模仿，使他备受打击，面包店的生意远不及从前。

“那时候好像就是运气还没到。”面包店的收入不容乐观，而自己和施爱玲的婚约已定，各类开销已经入不敷出，徐继操不想就此停滞不前。就在那时，一个在出租车公司上班的朋友建议，不如改行开车，收入可观。赚钱心切的徐继操听取了朋友的建议，关了面包店，改行做出租车司机。

出租车司机可比做面包轻松多了，有时候碰上手拿大哥大的老总，一行人包车从乡镇到汕尾城区，一趟来回可以赚100来元。家庭经济状况逐渐稳定了，就在徐继操以为一切都可以安定下来时，事故发生了。

1995年某一天的深夜，一位乘客上车，徐继操发动车子，突然，冰凉、尖锐的刀尖抵上了徐继操的脖颈——“抢劫！”这段经历徐继操并不能回忆起太多，因为当时他脑中一片空白，仅有的念头只有保命！钱财被洗劫一空，差点连命也搭进去，他在家休养了半个多月，最终决定辞去出租车司机这份工作。那一年是徐继操人生的谷底，热爱的事业被搁置，辛苦赚的血汗钱化为烟灰，勤勤恳恳工作却命悬一线，24岁的他被命运玩弄得团团转。“好像就是运气还没到。”徐继操笑着点燃了一根烟。

1996年，徐继操和施爱玲结婚了，那一年，他们的儿子出生了。看着刚出生的儿子，徐继操突然有了一种身为父亲、身为丈夫的使命感，为了这个家，他想要再拼一次。他决定重新拾起信心和勇气，重新开始，重新成为一名糕点师。

从头来过＝只许成功

18岁的男孩开始创业靠的是无所畏惧的满腔热血，27岁的男人再次拾起这份热爱，靠的是什么？“是责任和使命。”徐继操这样回答。

年少时风靡的港片，男主角的一句“大不了从头来过”，让无数人感叹帅气，为之痴狂。但“从头来过”这四个字，对于徐继操而言，意味着这一次，只许成功不许失败。

欠出租车公司的违约金，新婚的花费，儿子的出生，靠徐继操手头现有的资金显然不够再次开店，于是他硬着头皮找亲朋好友借够了钱。“我也很害怕失败，但是生活逼着你只能继续坚持，如果畏惧开始，那怎么可能收获成功？”

资金到位后，徐继操开始寻找合适的店铺。吸取上一次的经验教训，店铺的地理位置对生意好坏有很大的影响，于是这一次他小心谨慎地考量、选择，最终选定门店的位置在汕尾海丰县风景秀丽的龙津河旁——彭湃故居。

然而徐继操的这一举动引来同行们的不解，这里的店铺租金高达 4000 元，以往没有人会选择租金如此高昂的店铺来做面包生意，他们议论着徐继操，甚至有人在背地里幸灾乐祸。

4000 元的租金的确很高，徐继操思前想后，分析各种风险，最终仍选定这块地方不是没有理由的——这里人流量较大，并且随着改革开放，汕尾的经济得到显著发展，比较之下，这里的人均消费水平较高。

除了地理位置的认真考量，徐继操也改变了面包店的经营模式。汕尾的面包店普遍八点钟开门，师傅也是八点上班才开始制作面包，而面包的制作不是一时半会就能完成，光发酵就要三次，时间长难度大，更别算上焙烤、包装的时间，等到面包出炉已经是下午三点钟，这时才开始有顾客光临。那如果开店一早就有新鲜面包出炉呢？这样一来，一天可以出两次新鲜面包，购买的客人也就增多了。这样的经营模式是前所未有的，但与之相伴的是双倍的劳累。于是，徐继操招了一个小学徒，两人每天凌晨两点钟开始和面团、做面包，以确保隔天早晨八点钟，店里的货柜上已摆满清香、温热的面包。

1996年10月10日，“兴华面包”第三次开张了。和四年前的那个夜晚一样，徐继操也小酌了几杯，不同的是，这次的他是独自一人，少了兴奋激动，多了忧虑不安；少了冲动鲁莽，多了成熟稳重。

“可能是我做回糕点师，运气又到了吧。”果不其然，店铺一开张，好评如潮，徐继操特地将促销期从三天延长至三个月。每日清晨，在广场做完晨练的人们便会进店买个面包，上班族、做早餐的家庭主妇，也会准时光顾。等到下午三点钟面包再次出炉时，又吸引一波顾客寻香而至。松软、清香、温热，是当地人对兴华面包的评价。“做好面包并不难，很多人的技术都比我高超，但是要做出人们喜爱的面包，只有用心才能做好。”徐继操从来不卖隔夜的面包，如果下午的面包有剩余，他会进行促销吸引顾客，仍有剩余便直接扔掉，保证货柜上的面包永远是最新鲜、口感最佳的。

店里的生意欣欣向荣，徐继操又先后在当地开了两家连锁店，成为汕尾第一家拥有三家店面的面包店，“兴华”这个品牌在当地的名声响当当，同行都对他刮目相看。那时候的徐继操才终于长舒一口气，从头再来的他成功了。那一年，他刚好30岁，也迎来他的第二个孩子，是他喜欢的女孩。

做好一件事

跨入21世纪，伴随着改革开放，中国经济得到全面发展，广东省经济高速增长，汕尾市也不例外。

徐继操回忆道，2001年时，当时汕尾地区最大的连锁超市信利超市入驻海丰县，超市面向海丰县招收口碑最好的面包制作厂家。徐继操意识到，这是一次不可多得的机遇，如果成功把握，可以将品牌名声做得更大。他立马联系到招商部经理，才发现竞争激烈，已有十多间厂家早早报名。几天后，徐继操接到电话，超市经理邀请他当面详谈。原来超市的专业人员到当地进行了居民消费调查，而口碑最好的便是“兴华面包”。天时地利人和，徐继操当机立断签下了合约，招聘大量员工，着手准备。

“我不吹牛，当时整个超市都充满我们面包的香气。”一分耕耘一分收获，徐继操投入了大量时间和精力，换来的是再一次的成功。第一个月的销售额度就达到了20多万元，比原先合约上定的最低销售额10万元翻了一倍。面包销量供不应求，许多厂家纷纷找到徐继操，表示愿意提供技术支持进行合作，品牌影响力甚至传到了隔壁的乡镇。于是徐继操一边忙着这边的事务，一边四处奔波，谈业务、送货、经营连锁店，恨不得一天有48个小时能工作。也就是在最忙碌的那段日子里，“兴华”这个品牌终于成为汕尾面包厂家的领头羊，甚至引领了一阵创业高峰。

“兴华面包”生意最火爆的时候，徐继操招了60多个师傅和工人进行生产。工厂的一楼是包装车间，二楼是生产车间，即使自己已经是一名赫赫有名的老板，但他仍然亲力亲为，从材料到面团到烘烤，每一个环节都要专心把控。也正是这份精心，使得他并不仅仅是一位糕点师。

徐继操把自己的历程归结为“时运”，他笑称“运气到了”，但我们都明白，历经岁月，真正能在时代浪潮中屹立不倒的人，一定拥有着超乎寻常的特质。

不知何时起，“匠心”一词伴随着无限高尚的光环，而真正的匠人一向是低调、不张扬的，因为他们永远只执着于手中的那件事，反复雕琢。专注、坚持、精益求精，是旁人眼中的徐继操。但无论是匠人还是普通糕点师，对徐继操而言并没有本质区别，因为他对自己的要求从来没有改变：秉承匠人精神，将产品当成艺术，将质量视为生命。

“我这一辈子只做了一件事情，如果还做不好，那还有什么意义？”有时候一辈子很长，长到每一天在揉面粉、调蛋液、调整烤箱温度这些琐碎中打转；有时候一辈子很短，短到一生只够做一件事，能把这一件事做好也算是极大的幸运。

恰好，他是幸运的。

30年如一日

从入行至今已有30年，不得不说到行业30年来的变化。徐继操表示，首先，从自己用酒花酿制酵母，到现在大小超市陈列多种酵母、添加剂，就是一大变化。其次，他入行的时候，焙烤行业的从业者很多都是子承父业，由师傅传授烘焙技术，饼房店面也都是单一的。但是现在的烘焙行业却是一个蒸蒸日上的朝阳产业，随着人们生活水平的提高、生活节奏的加快，烘焙产品已经走入到人们的生活中，成为日常生活的必需品。

行业的快速发展必然会带来一系列的问题。烘焙行业的门槛比较低，导致从业人员素质不高，技术出现参差不齐的现象，而国家在经过“非典”“三聚氰胺”等一系列事件后，对于行业人才也有了更加严格的要求。烘焙人才的流动性比较强，因为个人原因，或是怕苦怕累，或是自己想单独开店等，造成了大量的人才流失。

焙烤业日趋成熟，市场呈现出多元化、精细化的理性市场格局形式，但是仍然有很多深陷同质化恶性竞争的经营者。对于这些同质化现象，徐继操认为是因为一些经营者只是一味地想要追随行业的发展步伐，没有什么“技术含量”，这样发展下去最终也会被其他竞争者击败。近几年，众多网红店如雨后春笋，50 岁徐继操还经常让女儿带自己去探店。“探店的过程中我发现很多网红店口感上没有太大的惊喜，往往把大量的成本花到了表面工程上，比如豪华的装修，高昂的厨具，颜色鲜艳的造型，口味反而处于比较次要的地位。不过就我个人而言，好吃才是第一位的。”

“用心才能做出人们喜爱的面包。”徐继操再次谈到。用心，用对待产品的专心，用对待顾客的真心，用 30 年来如一日的匠人匠心。直到现在，除了使用机器成型、摆盘之外，工厂基本采用手工制作。徐继操的双手已成为陪伴他制作面包多年的“好伙伴”，虽然现如今可以依靠现代化设备进行数据监控，但他认为，机器终究是抵不上一双手的感觉。

当我问到作为一名糕点师最幸福的瞬间是什么，他告诉我：“有一位客人的孩子，十几年来的生日蛋糕都是在我这买的，就像给我自己的小孩过生日一样，哈哈哈，你说幸福吗？”

泰戈尔说过，“你的负担将变成礼物，你受的苦将照亮你的路。”改革开放40年来，中国有千千万万个用自己的努力成就梦想，用毕生做好一件热爱之事，用不一样的笔触书写人生的小人物。

徐继操便是其中平凡而又不平凡的一位。

（文 / 蔡嘉仪）

从农村到城市，从故乡到他乡

文中的青年，于20世纪60年代末，出生在广东省信宜市合水镇。16岁前，他一直生活在合水镇的一座大山里，家里世世代代皆是农民，依靠几亩田地维持家庭收入。初中还未毕业的时候，他辍学回家跟着家里的亲戚下山来到珠三角打工。辗转几个城市，他最终落户东莞并结婚生子。他的一生，从农村走到城市，从故乡走到他乡。离开家乡十多年，他漂泊的心似乎就这么落户在这座繁华的城市中，又似乎从未离开过他的故乡。

坐在大巴车里，青年手里紧紧攥着破旧泛白的帆布包，“再看一次，再看一次吧。”他劝说自己道。抬起头，最后一次看着屋檐顶上几个生锈的大红字——合水车站，他把眼睛一闭，再也不敢睁开。

出乡：走进城市

“叮零零，叮零零”，黄泥路上，两个模糊的身影一闪而过，带起阵阵热风。

“你骑太慢了吧，再不快骑就要迟到啦！”前头的少年嫌弃地对后面的男孩说道，紧接着以更快的速度骑着，仿佛双腿装上了马达一般，不知疲惫。

黝黑的皮肤，微卷的头发，操着一口纯正的客家话，一听便知他是广东信宜合水镇的孩子。

这条黄泥路，是他每周上学放学都会经过的地方。泥路崎岖不平，蜿蜒的小道贯穿几座大山，通向十三里外镇上的中学。少年一颠一颠地骑着自行车，屁股被震得生疼，骑得久了，腿还会发麻，但他已经习惯了。

山里昏暗的天空总是伴着淅淅沥沥的小雨，车轱辘溅起的泥水准能把他的裤腿弄湿。但他丝毫不介意这些，从小在田地里长大的孩子怎么会介意呢？到了学校用水冲冲便好。

幸好今天没有下雨，要不然去到学校还要换洗衣服。麻烦——想到这里，他不自觉……想到这里，他不自觉地撇了撇嘴。

“嘿，你听说了吗？我们村的陈阿七进城了。”陈阿七姓陈，又因在同辈里排行第七，大家都叫他陈阿七。村里读书最好的就是陈阿七，可是他读书读到六年级就辍学了，原因是什么大家都心知肚明，像他们这样穷苦人家的小孩，又有几个能顺利读下去的？陈阿七辍学后在家里种田，到处托人介绍城里的工作，现在倒是顺了他的意，总算是找到工作了。

少年心里为阿七感到高兴，却有些不是滋味，但没有表露出来。

过了这个月，他就读完初二，他自知不是读书的料，家里能供到现在也算不错了，过不久他也会像阿七一样走出这座大山，跑去外面赚大钱，接着风风光光地回乡，羡煞旁人。

20 世纪 80 年代初，村里就有人跑出去外面打工，过年的时候他们一家穿着漂亮的新衣服，带着收音机和黑白电视机回乡。村里的人都说这一家人好运气，赶上好时候赚大钱。有这么一个先例，近几年来从山沟里走出去的人越来越多，回乡的富人却没几个。改革开放的政策出台后，珠三角地区建起了工厂，厂子里工作轻松但赚钱多，不像信宜这个穷苦山沟，除了贫瘠的土地什么都没有。他也听老师说过，改革开放后，信宜政府确实做了实事，依托丰富的资源优势，带领着人民在山上搞种养，山下搞加工，山外找市场，闯出了一条山区特色经济发展路子。

对他来说，这些都是骗人的话，要是真有这么好的发展，住在山上的他怎么不知道。村里家家户户靠着黄土地吃饭，种子种在土里，水稻收在箩筐里，哪一家不是一穷二白的。住在这个偏远的小山村，注定了他们祖辈几代人的命运，只能在穷山沟里耕田种水稻，吃着红薯杂粮过一辈子。现在国家颁布了改革开放的政策，珠三角地区搞起新发展，给他们这些农民提供了新的出路，又有谁会认命地待在山沟里，将这一辈子都钉在这呢？

他在心里早已做好决定，走，一定要走出去。

每次上学经过合水车站，看着一批又一批的农民坐着大巴车出去，过年的时候出去打工的农民满载归来，脸孔还是如此熟悉，但骨子里的芯是变了的。他们都见识过、闯荡过大城市，这些经历让少年十分嫉妒，他想出去，迫不及待地想要出去。

1987 年，正月初八，天蒙蒙亮的时候父亲把他叫醒，和他说姑婆和表哥来了。

破陋的黄土砖房里燃着一盏煤油灯，灯罩上盖着厚厚的灰尘，微弱的光照亮屋里每个人的脸庞，姑婆和家里的长辈唠着家常，沾着年后的喜庆说着彼此欢喜的话，不知道是谁提起上一年出城工作的话题，姑婆突然想起了什么，叫了声少年的名字，说年后带着他去珠海看看，那边有工作。

听到这个消息，他的脑子瞬间发蒙，缓了好一会才反应过来。许久，他轻轻地道出一声："好。"

学校那边他早就不去了，一般去上学的都是家里环境比较好的，家里成绩最好的二哥像他这般大时，就已经出去工作了，更不用说不成才的他。比起上学，他更想要出去赚钱。家里的三个大哥都在外面工作，有在佛山的，也有在东莞的，这一次他去的是珠海，不知道珠海是什么样子的，有没有和信宜一样的大山大河，不知道自己去哪里工作，会认识些什么人，他憧憬着。

出门打工有的人背着大包小包的行李，少年没什么东西好带，他的母亲只准备了两套破旧的衣服、一些零散钱给他。背着破旧的帆布包，跟着姑婆还有一位不是很熟的表哥，他离开了家乡。

那年，他才 18 岁，此前镇上的中学是他离家最远的地方，如今，等待着他的是更遥远的地方，那个被称作大城市的珠海。

回乡：歇脚的地方

1980年8月5日，全国人民代表大会常委会第十五次会议上，珠海被批准设立经济特区。珠海城外的人听说这里地广人稀，就算是当农民种甘蔗都挣得多。这一番话吸引了很多来自不同地区农民，其中就包括来自信宜合水的他。

第一次出去打工总是带着些惶恐，尽管有姑婆和表哥在身旁陪伴，他也总是紧张，不管到了哪里，都紧紧地跟着亲人，一步都不敢走远。

当时的珠海并没有他想象中的好，四周都是直挺挺的甘蔗田，空气中弥漫乡土的气息，没有高楼，没有工厂，和信宜的家没什么区别。他和表哥一起住在农家大院，小小的土房挤着十几口人，都是来自不同地区的农民，彼此语言不通没有多余的交流，只会说客家话的他待在客家人的圈子里。

他和其他农民一起下水挖塘泥。以往弯腰耕田割稻，现在弯腰挖泥修堤坝，一天下来拿到七元五角钱，那时候最简单的一件衣服都要15元。

挖塘泥技术简单，谁都可以很快地上手．但工作量极大，极其辛苦。干活的人被分成一帮一帮，做着不同的工作，有的人负责挖，有的人负责抬，有的人负责修堤坝。从早上八点挖泥挖到晚上六点，一刻不停，到了晚上腰都直不起来。

他还年轻，有的是力气，刚开始他是这么安慰自己的。

但很快，他的意志力都被消磨得不剩多少，白天过得枯燥劳累，夜晚歇息下来才觉得备受煎熬，农民多数喜欢聚在广场上看电视，他也跑着去。大家看电视只是消遣，找找乐子，他是为了防止自己胡思乱想，害怕自己撑不住想回家。

在珠海打工的夜晚，每天晚上他都梦见待在信宜的时光，穷苦、简单，但是很快乐。

无论是在山里放牛、田里锄草还是河里抓鱼，他都是自由的，毫无压力。尽管家徒四壁，春去秋来，家里一直穷着，但他还有家人陪伴，而不像现在这般一个人，孤独地承受所有的苦。心理压抑着的痛催促他逃离这个土房，逃离这个堤坝，到哪里都可以，回家也好，换一份工作也罢，然而当他迈出腿那一刻，他的心却狠狠地拉住了他。

"你不能逃，人生地不熟的，你能逃去哪里？"

顿时，这个疯狂的想法被扼制在摇篮中，掐死在心里，第二天，仿佛从未发生过一般，他回到泥地，操起锄头举过头顶，大力挥下，一次又一次地，将心中的郁闷发泄出来。

连续干了三四个月，到了快过年的时候，他带着辛苦积攒的钱，坐着大巴车回到信宜。不管家里人出去打工走到多远的地方，在过年的时候都要赶回家，聚在一起过个快乐年，这是当地人不成名的规矩。

1988 年，他第一次打工赚的四五百一回到家都上缴给父亲，像是蜜蜂采蜜一般，将在外工作的收获回馈给这个穷苦的大家庭。这一次回家，他不想再回到珠海，不想再回去挖塘泥，恰逢大哥和另一个表哥都在东莞工作，而且东莞工厂多。来年春天，他跟着大哥一家子来到东莞，至此以后，深深地扎根在这个地方，直到现在。

出乡：扎根城市

20岁的他再次从乡里出发，这一次到达东莞。

东莞有三个毗邻的村子——横坑、竹园和温塘，恰巧青年的大哥住在温塘，表哥在横坑，而青年被介绍到竹园唯一的爆竹厂里工作。

凭借着靠近香港的地缘优势，乘着香港工业转型外迁的东风，作为后花园的东莞开始得到资本的关注，并积极发展相关业务，利用低人力成本优势发展对外加工制造业。从20世纪70年代起，东莞兴起“三来一补”（指的是“来料加工”“来料装配”“来样加工”和“补偿贸易”），带动东莞的加工贸易生产；80年代末至90年代初期的传统制造使东莞加工贸易形式开始变得多样，在城市经济构成中的地位也越来越重。竹园村的爆竹厂是爆竹半成品的加工厂，不到40平方米的工厂摆放着笨重的加工器械和长长的大桌子，生产工人自成一条流水线，男工负责裁纸和苦力活，女工则负责一一组件，加工好的爆竹被销售到潮汕一带。

爆竹厂小而精，能容纳几十个工人同时作业，厂门大大敞开，传来的是机器的轰隆声和工人们欢乐的交谈声。在那个年代，爆竹厂是竹园村的唯一加工贸易收入，也成就了不少美好的姻缘。

东莞的工厂数量多，随着外来人口数量逐渐增多，工作岗位变得稀缺，想要入厂工作主要靠熟人引荐，青年是大哥托人引荐过去的。第一次来到工厂，他被哄闹的工厂吸引了，女工们坐在一起干活，男工们在旁边裁纸，这样的厂房才是他梦里的样子。

车间管头说，工厂计件工作，多劳多得，管头教会青年如何裁纸之后就走了。青年左看看右看看，注意到大家都对他很好奇。刚刚管头介绍他时，只说了他的名字，工人们好不满足，因此有的还在偷偷摸摸地瞧着他，仿佛要看出点什么似的。

机器操作起来不难，一天工作下来虽然累，好在工资高，一天下来可以赚 20 元，相当于之前好几天挖塘泥的钱，这样一个月攒下来也有好几百，青年如是算着，心中生起留下来好好干活的冲劲。

工厂的工人来自五湖四海，大多都是广西和广东汕头的，会听会说客家话的却一个都没有，青年吃住都在工厂，晚上会跑到本地人的祠堂看公共电视，洗澡是在村里池塘边上的深井旁。青年听不懂竹园话，只能用普通话交流，他想学粤语，这样才不会吃亏，但本地人他一个都不熟，只能看着电视上放映的电视剧一点一点地学，可有一个词他一直都不明白。

为什么本地人喜欢说“捞妹”“捞仔”呢？

直到后来他在知道，这是本地人称呼外地人的意思，带着些歧视的意味，指责外地人素质低、不文明，到了现在使用这个词的人已经很少了。

青年飘荡的生活算是步入一个稳定期，1989 年末，他和一个竹园本地女孩坠入爱河，在工厂偷偷牵起了小手，谈起恋爱。工厂就是这么小，什么消息一下子就传开，慢慢地，工厂之外的村子都知道了这件事。都说好事不出门，坏事传千里，这一次，传的是好事，但青年不知道，未来他想融入城市的路还很长很长。

外地人到竹园之前，竹园是一个封闭的小村庄，人们过着日出而作、日落而息的农耕生活；改革开放之后，经济贸易把封闭的村落直接撬开，往里塞进来工厂和商店，本地人放下手里的锄头镰刀，开始跑去工厂、企业找更好的工作，有的甚至偷渡去香港过大城市生活。工厂需要大量的劳动力，小村落满足不了，就由外来人口替上，在本地人还没来得及反应的时候，村落已融入一部分外地人。尽管过去许多人本地人习惯了和外地人一起共享村落资源，但骨子里却不允许和外地人通婚。

女孩的家人也如是说道，可以和工厂里的外地人做朋友，但不允许和他们结婚。但爱情那是分得如此清晰，感觉是对的人，两人便选择在一起。青年想得很简单，本地人都容纳他在这里生活了，和本地人结婚应该也是被接受的。

没想到，女孩的妈妈这么快地找上工厂，冷着脸将女孩带走了，回去就是将女孩一通大骂，责备女孩不省心，偏偏和一个外地人在一起。女孩妈妈要求女孩远离青年，否则以死相逼，女孩不肯，苦苦相劝无果后被关在家里。

事情后来是怎么解决的，女孩没有说，青年也不知道，女孩再次出现在青年的眼前，和他说，自己的家人答应和他在一起了，并且女孩也愿意跟青年回老家信宜结婚。

1990 年的春节，21 岁的青年带着城里的妻子归家。一夜之间，肩上的负担沉重了许多。

他在城里有自己的家了。

回乡：生我养我的地方

成了家的青年，总是担忧不能为女孩带来好生活。

自己的喜酒是在信宜合水的家里举办，简单地摆上一桌好饭好菜，一家人欢欢喜喜地吃完罢了。记得刚回到合水镇，自己满心的欢喜，想着“我要成家了”，完全忽略女孩眼中的惊恐。直到30多年后，夫妻二人坐在一起，谈起当年回信宜老家的事情，妻子说道：“太恐怖了，我从没见过这么穷的地方，那时候我心里极其后悔，为什么跟了他呢？”

放在今日这是一句调侃，放在昨日那时，可能对青年造成最大的打击。他似乎忘记了，家里还是一片穷苦地，留在村里的男人讨不到老婆，成不了家，有的甚至想过借钱从人贩子那里“买”媳妇，这是乡里普遍存在的现象。出了城打工的自己何尝不是这么穷，家里的一方土房仍然不变，只不过在城里待了三年，就忘记自己的本质依旧如此。

回到东莞，他拼命挣钱，哪家工厂工资高他便去哪里，带着妻儿奔波于东莞各地，一次次地搬家，一次次地调整工作，最终还是回到了竹园。

20世纪90年代的时候，东莞小偷猖狂，治安人力薄弱，警察顾得了这边，事故便发生在那边，道路四通八达，当地人只能靠自己，邻里彼此照顾对方，扎堆一起生活。青年害怕妻儿的人身安全，借了岳母家后面的房子住了下来。

东莞的生活安定了，但回信宜老家的次数减少了。

结婚之后，所有的花销不得不顾及家庭，回家成了一件奢侈的事，更不用说家里多了两个孩子，若是每年带着一家四口回家，家庭支出吃不消；一个人回去，又不忍心抛弃妻儿。久而久之，十多年已经没回家，孩子们回家次数少，老家对他们不过是一个陌生的地方，既不是深深眷恋的老家，也不是祖籍所在地，只是一个穷苦的山区，大山里的一个普通小镇罢了。

现在妻子老了，孩子长大了，他还是选择留在这里，妻子身体不好，实在是放不下这个心，留她在这里。尽管现在手机通讯很方便，一个视频就能联系到信宜的乡里亲戚，但他还是期盼着，能亲自回家一趟就好了，只有亲自踏足软乎乎的黄土地，心里才会踏实。

那个生他养他的地方，现在变化可大了，威武的高山耸立着几座大风车旋转发电，河里的水流鱼少了，但仍然清澈见底。家乡的父老乡亲恐怕不认得他这个异乡人，但他的身体仍然刻着信宜合水的印记。

毕竟，这才是他最终的归属，是容纳他血肉之躯的家乡啊！

（文中人名均为化名）

（文／彭淑茵）

“生活需要仪式感”

在深圳这个依旧灯红酒绿的夜晚，李杉树坐在候车室，将手机里所有和这个城市有关的回忆删掉，三个小时后，她将回到湖北参加父亲的葬礼，回到她最初的起点。与此同时，她的好朋友李山岭正在制定一家人的国庆旅行计划，她不知道两个人的命运今晚过后将再次回归到两条平行线。

“我想做一个体面一点的工作”

李杉树在她 25 岁生日的时候，送给了自己一份独特的生日礼物：跟着老公一起来深圳闯荡。

读初中的时候，李杉树成绩一直都是班里数一数二的。她的房间里现在还贴满了很多读书时候的奖状。李杉树的同学都觉得李杉树是那种“又聪明又努力”的人，她每天都是第一个到教室早读的人。但是因为家里贫穷，加上当地重男轻女的传统习俗，她在读到初二的时候就早早辍学。李杉树的父母至今都记得，“女儿那天把自己关在房间里，却从头到尾没有抱怨过他们的决定。”

她的父母因为身体不好，只能在村子里开了一家杂货店，平时赚的钱只够生活。为了供弟弟读书，李杉树只好去一家皮鞋厂工作，跟她一起在皮鞋厂工作的伙伴都是和她一样早早辍学了的女孩子。在皮鞋厂工作的日子，闲的时候还好，但是有时生意好的时候，她就得每天加班到凌晨三四点。生意好的时候，李杉树有喜有忧，喜的是她的工资和奖金加起来有七八千了，也算是高收入了。忧的是每天这样长时间工作，她的身子有时实在是负荷不过来。直到现在，她手上还有在皮鞋厂工作的时候留下的疤。

在鞋厂她认识了自己现在的老公，两个人抱着“找个伴过日子”的心态走到一起，匆匆领了结婚证，过了一段安稳的日子。李杉树的老公不想一辈子待在这个小村庄里，于是他说服李杉树陪自己一起去深圳闯荡。“当时脑子一热就答应了，想要抛下一切去做一回属于自己的梦。后来才发现这都是有代价的。”李杉树每每回想起这个决定，都会陷入沉默。

来到深圳后她才感觉自己太天真了。在深圳这座寸土寸金的城市，刚到来的她就被住房的问题给难倒了。她和老公一起蜗居在一个不到 30 平方米的房子。幸运的是找工作的时候因为自己年轻，很快被一家必胜客餐厅录用成为服务员。

李杉树身边的同事都觉得她是一个干活靠谱但是性格有点冷淡的女孩。“学东西学得特别快，特别积极。”餐厅的经理很认可李杉树的能力，因此每次有什么重要的活都会交给她做，觉得她省心。李杉树也很乐于接受。她觉得慢慢地一切都会越来越好。她觉得在那里当服务员每天可以穿着好看的制服，而不是像在鞋厂一样每天“灰头土脸地像机器人一样”重复着一样的工作。她对未来充满了向往。

“感觉自己像个不速之客”

这样一个“个性冷淡”的女子，每次接到还在湖北的女儿的电话时，总是哭得泣不成声。她说：“我觉得自己唯一对不起的人就是我女儿。”每次听到女儿用童真的声音和她说“妈妈，我很想你”的时候，她就抑制不住自己的情绪。在必胜客，每个月餐厅都会选一次优秀员工，奖励50元的餐券，李杉树因为工作踏实，得了很多次。但是她从来不会自己把餐券花掉，她会把所有的餐券都存着，等着女儿过来深圳玩的时候陪女儿去吃，希望能够通过这样的方式弥补女儿。

除了不能陪在女儿身边，李杉树对自己的“新生活”还是相当满意的。她在餐厅结识了许多好朋友：因为家暴和妻子离婚但是人其实特别憨厚的厨房大哥、因为受“情伤”已经三十多岁了还没找到对象的组长、初中早恋一直到现在结婚生活很幸福的经理……她喜欢和他们聊天，但是却从来不和他们聊起自己的故事。因为她觉得“她们的共同点在于她们都知道自己想要什么，但是自己待了整整两年了，还是找不到答案”。

她每天重复着一样的工作：看台，端盘子，接待客人。她总是和自己说“再等等，总能找到自己想要的是什么”。但生活在这里，她也有很多烦恼，她每个月的收入只有三千不到，加上老公四千块不到的工资，在物欲横流的深圳，他们觉得自己更像是“不速之客”。有时她在下班路上看到路上一些宣传的牌子上面写着“来了就是深圳人”的时候，心中一阵迷惘。

2017 年暑假结束快要开学的时候，她想给家里打三千块给女儿交学费。屏幕显示的那一行“余额不足”让她“第一次衍生出逃跑的情绪”。李杉树在金钱上对自己十分苛刻，每天中午她都只吃两个包子和一杯豆浆，总共四块钱。她为自己买的最贵的东西就是生日的时候她一个人去逛百货商场，给自己买了一只 200 块的唇釉，那只唇釉她一直用了一年都没用完。但是丈夫花钱却大手大脚，经常会买一些没用的东西堆在本来就不大的家里，导致本就工资不高的他们在深圳拼搏了两年还是没有多少存款。

他们有时会因为消费观念的不同吵架。但是每次想到还在老家等着他们赚学费的女儿，两个人“还是会凑合凑合”。“在深圳这种房价高的不行的地方，想到离婚了自己要一个人承担房租，哪还敢耍脾气啊？”李杉树的老公每每解释起自己后来不和老婆吵架的原因时，总是半开玩笑、半认真的样子。

餐厅每到节假日的时候生意就会特别红火，再加上一般这时候很多兼职员工都会请假，大大加重了工作量。“最‘夸张’的一次，整个场 60 多台全坐满了。”但服务员包括她自己总共才四个人。再加上厨房人手也不够，上菜速度特别慢，有一个顾客等了半小时都没有等到菜，直接掀桌子了，对着李杉树就是破口大骂。李杉树早已经习惯了这种场面。久了以后她能够耐心地和客人道歉。“别人觉得我这样是有专业素养，其实只是哭多了就麻木了。”李杉树有点无奈地解释她能这样做的原因。

最让李杉树头疼的是有小孩子来这里举办生日会，整个餐厅都是孩子的高声话语，小孩子有时候还会向她提出一些“无理的要求”，比如让她表演个节目。她不仅得绞尽脑汁满足小孩子的要求，还得一桌一桌地和其他客人道歉。生日派对结束后好不容易松了一口气，还要加班清理残局，她觉得在深圳这座城市经常会有一种“疲惫”的感觉。

“生活还是要有仪式感的”

2015 年七夕节的那天，有很多情侣来餐厅吃饭，庆祝节日。但是餐厅的人手略显不足，她像以往一样“机械式”地回应客人的抱怨。餐厅经理看到她这几天眼底的黑眼圈有点不忍心，想给她放个假。但是李杉树谢绝了经理的好意，因为节假日上班可以有三倍工资，她想着女儿的学费和生活费，根本不敢休息。

就在她为一位客人点餐的时候，她的老公捧着一束玫瑰花进来抱住了她。特别大声地和她说“老婆节日快乐！”据李杉树回忆：“当时整个人都处在一种被惊喜到的状态，因为平时都是我去服务别人，欣赏别人的幸福，这一次是我被羡慕的目光包围着。”她觉得那是她“人生最梦幻的一刻。有一种成了主角的感觉”。一向不发朋友圈的她那天破天荒地发了与老公的合照，配文是“生活还是要有仪式感的”。

她平时没有发朋友圈的习惯，上一次发朋友圈的时候是女儿生日，她熬夜做了一个相册视频，祝贺女儿生日快乐。“我希望自己的孩子从小到大都是被爱包围着的，不要像我一样。”她每次和别人提起女儿的时候都会如是说。

那天晚上，李杉树的老公一直在休息间等到她下班，牵着她的手陪她一起逛街。李杉树“突然觉得自己找到了什么答案，对生活没有那么抱怨了”。

李杉树在彩德城必胜客工作了两年，兢兢业业，但是却一直没有升职。经理解释说是因为她性格比较内向，平时比较少去和老板打好关系，老板不知道她的存在。李杉树每当看到身边没有她那么努力的同事都已经升职，换了新的制服，而她还是拿着最开始的3千多不到的工资，她就有点心里不平衡。但是她还是“会在心里说服自己一切都会变好的”。

寒假暑假的时候，店里会来许多来兼职的学生，让店里更加充满了“青春”的气息。李杉树除了店里的另一位全职员工李山岭外，在店里关系最好的是2016年暑假过来的学生小欣。因为她每次看到认真干活的小欣就觉得仿佛看到了家里的女儿，所以对小欣也格外照顾，每天都会等她陪她一起下班，还会记住她的生日，在生日当天和她说一声生日快乐。小欣觉得李杉树并没有别人说的那么冷淡，只是不善于表达自己的感情。

必胜客为了调动员工的工作激情，有许多奖励机制，比如卖一个套餐可以凭借套餐的小票奖励一块钱。李杉树每当这时，都会把小票让给小欣。她觉得小欣这个年龄寒假暑假就要出来谋生，工作还这么认真，挺不容易的，就想让她寒假暑假赚多点钱，回学校好好读书。但是小欣每次都把李杉树给自己的小票存着，当作他们俩的友谊纪念。随着时间的推移，暑假就要结束了，小欣就要离开必胜客，返校上学。在小欣上班的最后一天，李杉树还没有加她的微信，她说："我们不是一个世界的人，所以不想打扰她的生活。"但是两个人最后一次一起下班回家的路上，李杉树还是忍不住哭了，嘱咐小欣一定要好好读书，不要像她一样。两个人最后还是加了微信，并说好一定要保持联系。

小欣离去后的第二天是中秋节。李杉树像以往一样还是认真工作，还和好朋友李山岭说笑道，"小欣一走，感觉店里安静了好多。"收工下班的时候，她一如既往地给家里打电话问候父母，听到的却是母亲哭着说："你爸爸去世了，赶紧回来吧。"于是她连夜买了火车票赶回湖北老家，在火车上，她删除了微信通讯录上的所有好友，想了想，又把微信给卸载了，"像是和这里做道别的一种仪式一样"。

"生活还是要有仪式感的"——她的朋友圈内容永远停留在了七夕老公为她买花的那一刻欣喜。

"快快乐乐，平平安安地长大"

和李杉树一起从湖北一起过来的女孩李山岭和李杉树是同一批

进入必胜客的全职员工。她是李杉树在这里为数不多的好朋友，但是李杉树只是她众多朋友中的一个。因为家境贫穷，她也不得不早早辍学，早早进入社会工作。但是她又是家里唯一的小孩，李山岭的父母对她也没有什么指望，只希望她能“快快乐乐，平平安安地长大”。李山岭对于自己读不上书也没有什么遗憾，她觉得“自己也不是读书那块料”，比起读书，她更乐意每天都把自己打扮得漂漂亮亮的。

2015 年，李山岭的老公一方面想要让孩子接受更好的教育，另外一方面想要去大城市试一试，于是他们带着小孩，以及银行卡里连一千都不到的存款就来到了深圳。

来到深圳后，李山岭和老公每个月都只有不到三千块的收入。两个人平时花钱都不敢大手大脚，“每年只有过年的时候才舍得给自己买一件新衣服。”但是她每天都会尽量自己做饭，“外面的东西不卫生。”李山岭经常皱着眉头说教好朋友李杉树。夫妻两个人设置了许多纪念日：认识一周年纪念日，结婚一周年纪念日等。他们庆祝纪念日的方式也很独特，当天该上班的时候还是上班，晚上该散步的时候还是会散步，唯一不同的就是两个人会合张照一起发朋友圈，接受身边好朋友的祝福。今年的纪念日，碰巧两个人都不用上班而且女儿刚好要上学，两个人还一起骑自行车环游红树林。“又不用花钱，又可以运动，多浪漫”李山岭在朋友圈里面附上这样的文案，还在后面直接打了三个感叹号。

李山岭的老公谈及李山岭时眼底透露出些许温柔，他觉得李山岭“永远像个孩子一样，但是有时候又特别懂事，从来没有要求过什么”。李山岭假期也会经常带孩子来店里转悠转悠，让孩子认识认识自己工作中的伙伴。

店里的人对李山岭的评价就是活泼开朗，虽然干活没有李杉树靠谱，但是大家还是更喜欢她一点。

在必胜客上班的员工每天都被强制性要求要化个淡妆，化妆品由经理统一采购放在休息间里。李杉树皮肤底子好，每天都只涂个口红，从来不碰休息间里的化妆品。而李山岭每天都会提早一点来上班，研究这些化妆品的使用方法。一开始她每次画眼线都会画得眼睛周围一团黑，最后不得已只好卸掉时，店里的人笑了很久。没想到坚持了一两个月，还真的搞出了一些名堂。从一开始只会打个底妆，到会化好几种不同风格的妆，让经理都大吃一惊。

“特别注重仪式感”

她在店里玩的最好的还是李杉树。两个人都是湖北人，经常碰到不开心不如意的事就小声地用湖北话吐槽。“我们俩以后就是革命友谊了。”他们每次吐槽完，两个人都会握紧对方的手总结道。

李山岭的底线是“坚持要把孩子也一起带到深圳”，因为她不想缺席孩子的童年。李山岭孩子就在她工作的地方附近读书，有时候会遇到其他的同学的家长开着车，带着小孩来店里吃饭。李山岭担心孩子会受到影响，经常会教育孩子：“妈妈虽然是个服务员，没有大房子和车，但是妈妈是靠自己的双手赚钱吃饭的，不比谁差劲。”才五岁的孩子每次听到这些，都“似懂非懂”地点点头。“小孩子很敏感，我不想等她开始介意这些事情以后，才告诉她这些道理。”李山岭提到小孩，叹了口气。

谈到李山岭，经理说她有时候也会因为自己的好脾气被欺负。店里经常有人因为觉得她好说话，把本该是自己的工作推给她做。但李山岭自己则觉得这些就是朋友的互帮互助，没有必要生气。

2016年暑假，李山岭一家人从湖北过来探望他们夫妻俩。李山岭想请他们吃顿好的，恰巧当时必胜客在搞半价牛排的活动，不过每个人只能抢购一份。李山岭听到觉得有点失望。不料店里的朋友们都把自己抢购的那一份给了她。“因为他们其实自己也不是很有钱，平时也很少能吃到牛排，这次愿意把自己抢到的让给我，我觉得还是很感动的。”每每回想起这件事，李山岭都很感动。但店里的伙伴怕她觉得内疚还安慰她说“本来牛排半价也挺贵的，而且我们也不喜欢吃，还不如给你”。李山岭觉得自己在餐厅里和伙伴的关系都是这样的，不会去说“谢谢你”这种话，但是真的需要帮助的时候，彼此都会互相帮助。

李山岭的老公认为李山岭是个“特别注重仪式感的人，什么事都要发个朋友圈”。不仅如此，每次店里主打活动卖套餐实行奖励机制的时候，比起拿这些小票去兑换奖励，她更愿意收藏这些小票，她觉得这些小票是对自己工作能力的肯定。

来店里兼职的学生大多数都和李山岭关系特别好。他们觉得李山岭“经常会主动把大家不愿意干的活承包了，而且每天看到他们都会笑嘻嘻的”。李山岭经常发朋友圈，也经常给别人的朋友圈点赞。她的朋友圈丰富多彩，会记录每天的天气和心情。但是她的朋友圈永远只记录开心的事情，她不想让身边的人受自己的负能量的影响。

“再也见不到了”

她也偶尔会碰到一些难以理解的事情，比如店里因为上一段感情经历，已经三十多岁还没找对象结婚的伙伴。她经常会开导她，给她介绍对象。她说：“人不能老活在过去。”

李山岭因为工作踏实认真，和身边的工作伙伴关系处得也很好，在餐厅工作了半年后，顺利地被提升为了组长。但她的烦恼也随之接踵而来，工作了两年才提升成为组长的马哥经常刁难她，每次看到她在休息间和别人说笑，就经常冷言相向。李山岭一开始心里还觉得有一些难受，后来看开了。经理说起这件事，也有点头疼。“很多人一开始来这里都是雄心壮志的，但是坚持两三个月就受不了了。店里除了李山岭以外的人多多少少都想着要跳槽，这也是为什么李山岭可以升职的原因。”李山岭喜欢这份工作，她觉得每天可以穿着好看的制服，化着好看的妆容上班，就是“实现人生理想了”。

这天李山岭正在和孩子商量国庆去哪里玩，收到了好友李杉树的电话，李杉树向她解释了一下不告而别的原因。李山岭接完电话后却“久久无法平静”。在电话的结尾，杨树青和她说“再见”，但是李山岭知道他们再也见不到了。

（文中人名均为化名）

（文 / 林晓诗）

一个农村妇女的轰轰烈烈与平淡

在她的身上，你可以看到中国女性身上的许多优秀品质：乐观上进、勤劳能干、能吃苦、坚强、热爱家庭、孝顺……她被太阳晒黑的脸庞上常常挂着笑容，像阳光一样让人心生快乐与温暖，深深的皱纹里将岁月的一切艰难与风霜都藏了起来。在她身上，我们却可以看到人间的温情与感动，平凡生活中迸发出的光芒与力量，让我们相信这个世界值得我们斗争与和解。

村里的女强人

居住在广东韶关坪岗村里的村民们以农耕为生，除了养几只鸡、一两头猪之类的副业，土地上的产出物是他们主要的经济来源。来到坪岗村里，放眼望去，满目皆是绿油油的农田，上面种着一年两熟的水稻、茂盛蓬勃的花生苗或是翠绿可人的各色蔬菜。不远处的几座山上，还种有大片果树。

谢红就是这些勤勤恳恳耕种的村民中的一员。无论是烈日炎炎的早上，还是乌云密布、暴雨将倾的下午，大家已经累得在一旁歇息，还能看到她在田间戴着一顶宽沿草帽辛勤劳作的身影。汗水一滴滴洒入泥土，浇灌出地上的金色稻谷、地下的累累果实。她的勤劳能干，村子里无人不称道。但没有人知道的是，这并不是她最初的选择。

在那个全民大炼钢的时代，为响应国家的政策，坪岗村曾经开有一家大型冶炼厂，带动了当地的经济发展，让这个原本并不起眼的村子变得颇为繁华，人口大量增加、人们的生活充实富裕。但好景不长，由于属于重工业能耗产业又是国家资产，国家政策一改，冶炼厂就倒闭了。等到谢红长大成人，昔日繁华已几无踪影，村子重新变得平凡，甚至是贫穷。但所幸，她赶上了改革开放的浪潮。看到改革开放带来的种种机遇，村子里的青壮年大都选择外出到大城市务工，谢红对此也颇为动心。她也想到外面去看看，到大世界里闯荡一番。为了补贴家用，她小学毕业就辍了学，开始工作。她曾经满怀期待地相信，如果真的可以到大城市，凭着她的踏实肯干和智慧，她一定能挣到更多的钱，打拼出一番成绩，让家人过上更好的生活。

但生活总是如此复杂。作为一个六口之家里的老二，她身上还扛着重担。哥哥还在念书，平日里父亲要外出工作，家里只有母亲一个人照顾尚年幼的弟弟妹妹们，她不能只顾自己远走。思前想后，她打消了外出打工的念头，选择留在村子里，一边挣钱补贴家用，也好帮助母亲照顾弟弟妹妹们。没想到这一决定，她就扎根在了村子里，与土地再也没有分开过。

尽管从此待在农村里，她并不后悔。一开始，她只在村子里做些零工，有着不多而勉强尚可的收入。随着村子里的经济越来越不景气，散工的收入如同杯水车薪。她决定扛起锄头，依靠土地，成为一个自食其力的地道农民。她从未因自己是个农民而感到自卑，相反，她一直为自己的农民身份感到骄傲。“人的好生活是靠自己的双手攒出来的，到哪里都一样。”她说，“在村子里虽然累了点，可是空气新鲜，能吃上自己种的新鲜蔬果，舒服着哩。”

她既勤快又能干，不仅在田地里劳作的时间比别人多、耕种的土地比别人多，还有着娴熟高超的耕种技术。她插的秧总是整整齐齐，密度适宜；她播种的花生深浅恰好，疏密有致；她种的蔬菜从不洒农药，但总长得翠绿可人，吃起来清甜无比，引来邻人的赞叹；对待土地，她总是尽心尽力地除草、除虫、施肥。虽然念的书不多，但她非常明白产品质量的重要性，花费了很多心思提高农产品的质量。每年到了收成的时候，她都会将长得最好的一茬稻子的一部分留作种子，一粒粒精心地挑选出颗粒最大、最饱满的花生米装满一麻袋留到明年播种。因此，她的土地亩产量总是最高的，成为村里人学习的榜样。

凭着出色的能力和辛勤的付出，她以一己之力撑起了大半个家庭，并率先在村子里盖上了带院子的两层高小楼房，让村里的人既羡慕又钦佩。

“不识字”的人大代表

除了出色的能力，她还有一副热心肠。村里人向她请教耕种的经验，她都会很大方地分享，让大家都能更省力、有更好的收成；每次联系到经销商售卖产品，只要需求量大于她的供应量，她都会主动把生意介绍给其他村民，帮助他们一起售卖；遇上邻里产生矛盾，她总会耐心地了解事情发生的始末，再积极地进行调解，化解了很多冲突。

农村里的人很朴实，谁对他们好他们都会铭记在心，绝不吝惜夸奖。住在谢红旁边的老奶奶常常感慨地说，自己有一回腰疼，一疼就是一星期，如果不是有阿红的帮助，日子不知道要怎么熬下去。向村里的人提起谢红，他们都会夸赞道“阿红人可好了！又能干又晓得分辨是非”。

凭借着勤劳的双手和智慧，以及一副热心肠，她在村子里取得了很高的威望，无论男人女人都认可她。在那个以典型的“男主外，女主内”为主要家庭结构的时代，她无疑是特别的。但她既不知道女权主义，更不会喊着“男女平等”的口号。她只是凭着自己的能力努力地生活，波澜不惊却又轰轰烈烈。

随着中共十六大正式提出“全面建设小康社会”的目标，“扩大社会主义民主，更好保障人民权益和社会公平正义”成为了其中一项重要的内容，在社会得到了广泛的认可。国家的强力推行与宣传无疑是成功的，人民积极参与政治生活的意识越来越强烈。

几年后，就连这个清冷而不问世事的小村庄也渐渐有了民主意识。村里的人们开始认识到“村官”对自己生活的影响，跳出了从前只在意自身眼前利益的狭隘，也开始关心起村里的公共事务，认真地张罗民主选举。于是，众望所归，谢红被村子推荐出来，成为了镇上的人大代表。

当上人大代表以前，“人大代表”在谢红眼里是一个很了不起、很庄严的职位，远远地发着光芒，似乎与她并没有什么关系。她没有想到，自己有一天会被大家选为人大代表。当上人大代表的她，心态上并没有发生什么变化。她依旧觉得自己普普通通，只是村民们的意见收集箱和传声筒，不过有了可以替大家向上表达意见的权力。对于这份“苦”差事，她倒十分乐意。

如果你非要问她，有什么特别的感觉？她就会认真地告诉你“感觉我的责任更重了吧，要充分地了解大家的意见和想法，及时向上面反馈，村子能不能变好就看我啦，压力挺大的”，又腼腆一笑，说：“当年书念得太少，文件上有好些字都看不太懂。所以开会的时候啊，为了要弄明白说了些什么，要很认真很认真地听坐在台上的人发言，不敢走神，用心着咧。不过我一直在学习，在慢慢进步。”

“不识字”并不妨碍谢红成为一个优秀的人大代表。每次到镇上开会，她都会认认真真地听讲、做好记录，不懂的事情一定要问个清楚，再回去把消息准确地传达给村民们。

有时，新出台的某项政策或者规定看上去损害了村民们的利益或是让村民们不能理解，他们就会生气地抱怨，或者拒绝履行。这时，她从不会反感或是不耐烦，而是会按照她自己的理解，耐心地从头到尾把细节给村民解释一遍。如此一来，很多安排与政策在她的帮助下得以普及到了村子里的家家户户，真真切切地落到实处，改善了大家的生活：贫困的老人生活得到了最低保障、关于土地的纠纷减少了、一直泥泞的某些些小路也铺好了、许久不亮的路灯终于重发光芒……而她也因为出色的工作当选成为了县里的人大代表。

“只合格一半”的妈妈

辛苦工作了大半辈子，谢红为家庭打拼下来了一定的物质基础，也为村子里做出了不少贡献，可以说是把日子过得风生水起，颇有点功成名就的味道。如果说这辈子有什么遗憾，谢红觉得是没有教育好自己的孩子。

并不说她是一个不称职的母亲。要是和她谈起育儿，她可以告诉你一大堆经验，诸如孕妇应该吃些什么对胎儿好呀、婴孩什么时候开始学说话走路、什么食物既美味又营养让孩子吃了不挑食……她的知识丰富得超乎你的想象。

她很关心孩子们的健康。作为两个孩子的母亲，她对孩子的照顾一刻也不敢松懈。一旦孩子有个头疼脑热，她就会马上带孩子去医院，回到家来就寸步不离地守在旁边，擦汗、递水、喂药……而她自己生病了却几乎不看医生。按她的说法是“大人身子骨结实，去看医生还没自己吃药好得快，去医院看病可贵了”。

2000 年左右，街上开有小诊所，看病拿药都比较方便，价格也比较合理、实惠，但也仅限于看个感冒之类的小病。万一生了稍微严重一点的病，比如高烧不退、急性肠胃炎之类的，就得骑摩托车或是搭公交到五公里外的董塘镇上去看医生。有时镇上的医生也看不好，就要到十三公里外的仁化县城去看病。经济在发展，相应地却是这个小村庄的医疗却显得越来越落后。

看病难和看病贵，让她自己总结出了很多预防生病的生活小妙招，有一套自己的“灵药”清单。比如，饮食要均衡，蔬菜和肉都要吃；多锻炼，增强体质就会少生病；如果感到嗓子开始发痒，就赶紧喝大量水，喝越多越好，这样就不会转化为嗓子疼；如果吹了风或是淋了雨，觉得自己鼻子有点塞，就吃两粒感冒灵，可以有效预防感冒；要是发高烧，多喝水，再在厚棉被里捂一阵，捂出一身大汗来，病就好了；着凉了抹些万金油到肚脐边上可以祛风，缓解腹痛……

她有一套自己坚信的健康准则，并严格地执行到孩子身上，孩子们也的确如她所愿健康成长。只是，她总认为培养孩子“健康”最重要，可却只注重了身体上的健康，而忽视了心理上的健康；只重视物质，而疏忽了教育。

直到小儿子从县里的初中辍学了，她才幡然醒悟。彼时，正在农田上工作的她突然接到了一个电话，是儿子的老师打来的。在电话里，老师很委婉地请她到学校来谈一谈。

“您的孩子很聪明，”老师委婉地对她说，“可惜就是不肯用功，不愿意好好听课，他已经逃了好多次课了，还被学校的老师抓到跑去了黑网吧。作为家长，您应该好好地管教一下。只要肯用心学习，他的前途还是光明的。”

回家之后，她还没有意识到问题的严重性，心里还在为老师夸奖了自己的孩子“聪明”而欢喜。她一直认为儿子非常聪明，她还记得儿子四岁就已经会做饭，亲手把煎好的鸡蛋端到自己前说“妈妈请你吃鸡蛋”时机灵可爱的样子。她觉得，不过是孩子一时淘气，只要之后肯用心学，一定没什么问题。

儿子一回来，她正准备像往常一样耳提面命几句。结果儿子把鞋一脱，把书包一丢，对她甩下一句：“我不想学了。我再也不去学校了。”就跑进房间锁上了门，留下她愣在原地。这时，儿子才上初二。

一切早有预兆，只是她毫无察觉；其实孩子早已开始离经叛道，但她从未真正在意。她一心忙于工作，对孩子关注得太少了。村子里只有一所小学，已经随着岁月渐渐老去，老师越来越少，一个年级只有一个班。再想找其他学校，要到五公里外的镇子上。

她只觉得离家近，可以少操点心，于是把儿子送到村里的小学念书。又觉得有学校帮自己管孩子，可以放下心来，每天早出晚归干更多的活儿。早上出门她把早餐做好，自己吃完后留一份，让孩子起床后自己拿来吃；中午她回来得早，孩子还没放学，劳累的她把午饭做好，吃完就睡觉，等她起床接着去劳作，孩子已经睡下了。她的丈夫是一个五大三粗农夫，为人爽朗热情，闲下来的时候喜欢在外面与人聊天吹牛，喝酒下棋，几乎从不关心孩子的成长。只有到了晚上，一家人才会短暂地相聚。几乎天天如此，周末亦然。

在一天天的见面与交流的缺少中，一家人渐渐疏远了。而她却没有发现，自己越来越不了解儿子。因为疼爱儿子，他有什么要求，她都会尽量满足。可是，儿子渐渐长大，学会了撒谎，开始骗她拿钱买书，却把要来的钱去网吧打游戏。后来，儿子甚至学会了逃课、打架、抽烟……而在外忙活几乎一整天都见不到儿子的她被蒙在鼓里，以为每一个白天，儿子都在学校听话地乖乖学习。其实，村里稀缺的教育资源只能保证给孩子们上课，至于对孩子心灵的教化、课余的管理，学校根本无能为力。况且，学校的教育永远也无法取代家庭的教育，教育需要家校联合。直到此刻，她才彻底醒悟，一切都变了。

“儿子那么聪明，如果肯念书一定可以考上大学。”她总是遗憾地想。如果可以重来，她一定好好督促儿子学习，比起挣钱，孩子的前途无疑更为重要。“只是这个世界上没有后悔药可以吃。”她说。

生活还是要继续。她的儿子无所事事了好几年后，终于有点明白生活的艰辛，如今安下心来在一个发廊里当小学徒。她下定决心，今后一定要更多地关心孩子的成长，不让他再误入歧途。既然他已经错失了回到课堂上学习的机会，那她就尽力帮助他到生活这个大课堂里，学着去好好经营自己的人生。

（文中人名均为化名）

（文／雷婕）

尹教授和她的创业史

尹教授第一次知道自己的公司被卖了，是在2010年的一个晚上。

那个时候的她，带领自己的团队踏入国产血透机行业已经十年之久，在国产品牌的血透机行业已经站住了脚。本来自己的公司有着大好前途，但是一夜之间，自己十年的心血，全部都功亏一篑。

放弃定居，回国研发

1997年，尹教授在德国读完了博士。那时候的她，已经有了十几年的临床工作经验，只要通过导师介绍，就可以在德国找到一份非常好的工作。当时她的丈夫也在德国，并且已经符合办理定居的条件。在当时，能够两个人都去到国外的家庭实在少之又少，身边的人也都劝他们在德国定居，去谋求更好的发展。但是，尹教授十几年的临床经历，让她打消了这个想法。

从 1984 年本科毕业，一直到 1997 年博士毕业，尹教授一直在德国和中国两地来回跑，在中国医院出诊，又在德国攻读肾内科的硕士、博士。期间，她在中国和德国看到了完全不同的透析状况。

当时的德国，刚到社区医疗站坐下来，各种点心饮料就上来了。这些都是社区治疗站免费的，病人就在那里边吃边聊天，即使是在透析病房内，气氛也十分愉快。透析结束，出门就打个出租就回家了。整个透析过程基本上都是能报销的，所以患者花不了多少钱，家庭负担不重。但是反观中国的透析状况，就十分不乐观了。需要做肾透析的患者，基本上十个人里面只有一个人负担得起昂贵的费用。当时尹教授的工资收入每个月有两百元，已经算是中等偏上的了。但是一次肾透析所有的费用加起来有八百块，绝大多数人都是无法负担的。

而且，吃亏的不只是患者，连国家也必须要为昂贵的医疗费用买单。20 世纪 90 年代初，在德国购买一台血透机器只需要 1.6 万马克（当时大约相当于 8 万元人民币），而同样的机器进口到国内，就需要 30 万元人民币。也就是因为德国购买的门槛低，所以各种社区透析站发展迅速，患者甚至不用出小区就可以完成透析。但是在国内，只有少数大医院才有如此昂贵的机器，并且医院靠着国家的补贴才能买得起。

尹教授看到了国家因为没有自己的技术，受制于人，任国外公司宰割；同时，也看到了国内血透市场这一块大蛋糕。因此，尹教授和丈夫毅然决定放弃德国的定居生活，回国研发国产自主品牌血透机。

对抗自卑，负重前行

回到国内，尹教授凭借之前在国内工作十几年积攒的人脉，迅速成立了自己的创业团队。当时，国家也有政策，鼓励这一类创业团队。依托高校，尹教授成立了产学研相结合的公司。当时尹教授注重开创性，一心想创造出国产品牌，便将自己公司大部分的股份交给了另外一部分人，让这些人负责公司的营销和公关，自己的核心团队只专心搞研发。

乘着国家对创业扶持政策的“东风”，尹教授一边申请各种专利、经营许可证，一方面带领自己的核心团队研究国外血透机，用国产的技术代替国外的零件。

只用了两三年的时间，尹教授就拿齐了所有需要的证明。短短几年时间，国产血透机的雏形就出来了。虽然国产化只做到了60%，还有很多核心的零件还是需要依靠进口，但是即使是部分国产化的机器，价格也只是进口机器的一半。在2003年，尹教授的机器拿到了三类医疗器械证书，这标志着机器得到了国家的许可。就这样，尹教授就带着自己国产机的雏形，还有满腔的热血，进入了市场。

初入市场，尹教授没想到，自己面临的最大的问题，是国产品牌如何打开市场。2003年，尹教授打算将自己的机器推广到医院。当时医院购买机器采取“竞标”的形式，在多家血透机公司中找到符合自己标准，价格又最低的公司进行购买。尹教授以为，自己的机器各方面都达标了，价格也是同行中最低的，自然应该竞到标。但是，标书上赫然写着：不要国产的血透机。这一个要求，给了尹教授当头一棒，只得继续寻找其他医院，尝试着推销自己的机器。那几年，销售市场一直不景气，只有零星几家医院愿意尝试国产品牌。

2005年的时候，国家出台政策扶持国产品牌。这一政策无疑让尹教授的团队如遇春风。但是当他们再一次去竞标的时候，个别医院虽然明着不再歧视国产，但暗地里还是不允许国产品牌进入自己的医院。尽管国产品牌竞标的时候各个参数都达到，价格也最低，成功竞到了标，但是医院看到国产品牌竞标成功之后，把整个标都停了，等半年之后风声过了，再偷偷地去购买进口的血透机。

这种歧视让尹教授愤愤不平，却又无可奈何。在屡屡碰壁之后，尹教授不得不改变自己的策略——“农村包围城市”。先在偏远的小医院推广自己的产品，再逐步向大医院进军。这一方式虽然进行的缓慢，但却十分有效。

在创业的过程中不断受到的阻挠，让尹教授的团队在一次一次的磨砺中不断成长。伴随着十年的创业，尹教授的公司在国内血透行业已经小有名气，虽然跟国外“巨鳄”没得比。当时，尹教授公司的机器七成的零件都可以在国内生产，这在中国的血透史上是前所未有的。在2008年汶川地震的时候，尹教授的公司还为灾区捐赠了十台血透机。这样的一家新兴国产企业，如果继续发展下去，真的可以说是前途无量。

但是，事与愿违。

十年创业，功亏一篑

2010年的一天，尹教授忽然得知自己的公司被卖了。

在过去的十年里，尹教授的团队一直专心搞科研，一心想要打造国产的血透品牌，没有过多研究股份问题。整个核心团队持有的股份仅占12%，有80%的股份全部交给别人。而问题，就出在了这持有80%的股份持有者身上。

当时，以尹教授为代表的好几家国产血透公司，联合起来对抗国外的垄断，在国内血透行业已经占据了一席之地，已经抢占了国内血透行业这一块大蛋糕的一部分。同时，低廉的国产机价格使原本高昂的进口机不得不降价以获得市场。这样，国外血透公司独占了二十几年的中国市场，近年来却因为中国国内品牌的兴起而被瓜分了。

外资企业掀起收购中国骨干企业的风潮，尹教授的公司也未能幸免。原本价值十几亿的股份最终被以一两千万的价格卖掉了。眼看着自己的公司一点点的被卖掉，尹教授握着手里区区12%的股份，根本无力回天。最终，公司还是到了别人手里。

与尹教授齐头并进的另一家血透公司，被用更加卑劣的手段搞垮。

当时的创业者，书生意气重，市场经验不足，自己的底子也不够厚。但是反观国外企业，完全是另外一番景象。他们有雄厚的资金支持，有专业的律师团队。

“在那一年，中国的血透事业至少倒退了十年。”尹教授说道。

重整旗鼓，再次创业

创业失败后，尹教授用了将近一年的时间来重整旗鼓。

这一年的时间里，她学习市场规则、参观许多家国产企业，做够了准备工作。等她觉得时机成熟，就叫回了曾经自己团队的核心成员。又一次，这个团队为了相同的目的聚集在一起。只是经过风雨的洗礼，比之前成熟了不少。

因为缺乏启动资金，尹教授不得不忍痛卖掉了自己的房子。有着几百万的现金，这个团队终于再次成立了一个公司。这一次，他们没有选择直接走向市场，而是在高校中发展壮大，等拥有一定的实力之后，再步入市场。

第二次创业，因为第一次的经历，少走了许多弯路。但是，也有些事情变得更加棘手。尹教授光是办各种各样的许可证，前前后后就用了数年的时间。相比十年前，国家的政策更加严格，对于各种进入市场的企业层层把关，因此对于公司的要求更加高。

在这期间，尹教授在高校担任博导，拿到了许多课题。因为曾经有创业的基础，而且国产血透机的技术已经非常成熟，这一次的创业在技术上难度并不大。而且，高校产业化政策，更是给尹教授的团队雪中送炭。对于高校产业化对她创业的帮助，尹教授打了个比方：

市场上的竞争，就像是大鱼吃小鱼。总有坐拥着大量资产的大鱼，不断吞掉刚出世的小鱼。而高校的产业化政策，就像用一个鱼缸把刚出世的小鱼与外界隔离开。不断地给小鱼喂食让他壮大；逐步地让它接触外界的环境，让他不至于出去就被吞掉。等待时机成熟，小鱼长成大鱼，就把它放入大海。此时，它已经有了对抗各种风险的能力，存活下去的概率会大大提高。

在高校里，尹教授团队不用管市场如何风云变幻，他们只需要做好手头的科研任务。只用了短短一年的时间，尹教授团队再一次研发出了功能完善的血液透析机。在2014年，由尹教授团队亲手打造的血透机再一次投入市场。与十年前不同，这次大家对国产品牌的接受度高了很多。

在2015年，尹教授团队制造的机器99%的零件都由国内生产，几乎不再依靠进口科技。这意味着，中国血透行业第一次可以不依赖进口，从生产到销售，完完全全由国人完成。“这是中国血透行业里程碑式的事件。”尹教授说道。

就这样，尹教授借着高校产业化，第二次将产品推入市场。这次她将大部分股份都握在自己核心团队手里，没有再交给外人。

继续前行，步步为营

目前，尹教授在推广自己品牌的时候，面临最大的问题和十年前几乎一模一样：旧观念的排斥，以及国外企业的压制。即便如此，还是能感受到患者对国产品牌的接受度日益提高，国家政策对于各种国产品牌的扶持程度逐步变强。现在跟辉煌的2008年比，2008年再跟最开始创业的时候比，观念以及市场都发生了非常大的变化，创业的道路变得越来越宽广。

在这样的一个环境下，尹教授还是选择了步步为营的策略。此前的那场失败，仍然让她心有余悸。尹教授不敢大规模推广自己的产品，只能稳扎稳打，一步步地慢慢改变。尹教授觉得，等待一个合适的时机，才是长久之计。国内患者还是没有彻底改变“进口好”这个观念。而要改变这种根深蒂固的观念，还需要民族品牌的真正崛起，以及媒体长期正确的引导。

尹教授觉得，自己创业做国产品牌，对社会最大的贡献就是迫使进口设备降价了。“我们虽然做不到让民族企业复兴，但是至少为国产医疗行业未来的蓬勃发展贡献了自己的一分力量。”

最后谈到国内血透事业未来发展的时候，尹教授轻轻叹了口气。“现在我们日常的生活用品，像手机、电脑，这些民族品牌已经站起来了。但是像三类医疗器械，第一技术难度大，第二这类器械都用于救治重病患者，风险很大，所以门槛要高很多。”能够进军这个行业的人少，行业发展自然就比较慢。

但是，近几年，国家对“国有品牌”的保护和建设也提出一系列的指导意见，国内的血透事业也迎来新的发展。

目前，还是有不少的家庭因为支付不起医疗费用，最终放弃治疗。可能，离彻底解决这些医疗问题，虽然有很长的路要走，但尹教授们将会坚持在这条路上行走。

（文中人名均为化名）

（文／李昊）

入津记

2013 年，王颖来到了天津市武清区某小区售楼处，银行卡划过 POS 机，输入密码后，电脑页面上显示出了“交易成功”四个字。这意味着，王颖将要成为天津人了。

最后的疯狂

2013 年，“买房就送天津蓝印户口，让孩子赢在起跑线”“蓝印户口成就孩子的大学梦”。类似的大红横幅布满了天津市武清区的大街小巷，非常抢眼，这是独属于天津的房地产广告。

蓝印户口是介于正式户口和暂住户口之间的户籍，因公安机关加盖的蓝色印章，区别于非农业户加盖的红色印章，而被称为蓝印户口。虽然蓝印户口是暂时户口，却在教育、计划生育、医疗卫生、就业、申领营业执照等方面基本上可以享受与正式户口相同的待遇。

2013 年底，王颖从熟人那里听到风声，天津市的蓝印户口即将取消。本来，孩子刚上初一的王颖对于天津的楼市还处于观望状态，这个消息使王颖果断决定，一定要赶上这趟末班车，买房！

在北京开饭馆的王颖刚考察了好了一个商铺，准备租下来，作为饭馆的一个分店。决定在天津买房后，王颖退租了，因为违反租赁合同，王颖还付给房东半年的房租作为违约金。但是王颖觉得一点都不亏，赶不上最后这一班末班车，才是真的亏了。

2014 年初，王颖购买了武清区的一套两居室。凭借着房产证和其他资料，王颖一家办理了蓝印户口，抚摸着户口本，王颖心里的大石头总算落了地。

蓝印户口即将取消的消息惊动的不仅是买房者，还有售房者。

在蓝印户口取消前的几个月，高铁武清站的人流量明显多了起来，从北京、河北、河南等周边省市赶来的“买房大军”纷纷踏入武清区的各个楼盘销售中心。房屋销售们也聚集在武清高铁站出口，看到旅客出来，就呼啦一下拥上去，像一群饥饿的恶狼看到了一只肥美的羔羊，他们迅速地抽出手中的广告，塞到旅客手里。或是笑容满面地跟在旅客的后面，殷勤地问“买房吗”“户口办了吗？”“学区房要不要了解一下？”

因为之前考察过武清区的其他几个楼盘，留下过自己的联系方式。王颖那段时间基本上每天都能接到来自不同售楼中心的推销电话，催促王颖赶紧下手。“一天最多能接到二十几个电话，最后我把他们全部拉黑了。”

2014 年 5 月 31 日，天津市废止了蓝印户口政策，在天津执行了18年的蓝印户口走向了历史的终结。

“高考天堂”

天津，被誉为除了北京之外的第二个“高考天堂”。江勇，被王颖成功塞进了这座“高考天堂”。

“我不想转学，我不想和我的朋友们分开。”面对着兴奋的母亲，江勇并不开心。

“你到了新学校会交到很多新朋友，而且也不是说你转学了就跟他们不是好朋友了，你假期的时候还是可以找你原来的那些同学玩啊。”王颖耐心地劝到。

“我不想。”

“都多大了，整天就知道玩玩玩，想做鸡头还是凤尾，你自己想！”王颖生气地摔门而去，留下江勇一个人在房间里沉默不语。

沉默了很久之后，他同意了母亲的计划——转到天津市武清区河西务中学上高中，三年之后，在天津高考。

转学前，江勇给班里的每个同学都送了礼物，礼物是江勇精心挑选的笔记本，每个笔记本后面，都有江勇的留言：“想我了吗？请大声念出我的名字，江勇。”

离开学校前，江勇跟所有老师都合了影，他穿着学校红蓝相间的校服，照了那天的最后一张相片，那也是他最后一次穿北京五十中的校服。

江勇是河南人，由于父母都在北京做生意，所以他从小就跟着父母来到了北京生活。在北京读到初三时，江勇的初升高问题难住了一家人。

北京的高考政策要求在京高考的学生必须具备北京市户口，江勇的父母在北京生活了快 20 年了，虽然已经在北京拥有了房产，但是始终未能落户。2014 年，北京缩紧落户通道，每年的留京指标只有一万人，江勇的父母虽然在北京居住时间长，但是不符合北京市落户规定中的六种人。

相比于落户北京，江勇的父母把眼光投向了与北京毗邻的天津。

直辖市天津与北京相隔很近，只需要半个小时的高铁路程，而且房价比北京低好几成，还拥有全国前列的教育资源，是很多无法解决北京户口的“北漂家长”的折中选择。2013 年，江勇的父母购买了天津武清区的一套房产，拥有了蓝印户口。一年后，江勇的蓝印户口转为正式户口。

转学后的江勇发现，他所在的这个班，很多都是“蓝印户口生”，很多学生跟江勇的情况类似，从小跟父母在北京生活，但是原户籍都是诸如山东、河北、河南等高考大省。

“我们体育委员，刚认识的时候以为他是天津人，后来熟了才发现他跟我一样，也是初中在北京上学，后来转过来的，再详细一问，他居然跟我住在北京同一个区，而且就隔了两条街。”

武清区是天津的郊区，无论硬件还是软件都无法和城六区相比，江勇说，河西务中学的一本上线率仅为 20% 左右，重本上线率就要更低，在一个年级四百多人的情况下，能够考上的重本的人数屈指可数。

2017 年江勇在天津市参加了高考。

这一年天津的高考报名人数是 57015 人，一本录取率为 25.02%，意思是每四个参加高考的天津考生，就有一个可以考上一本，这个一本录取率仅次于北京市，高居全国第二位。

反观河南省，2017 年高考报名人数 86.56 万，一本录取率为 8.9%，位于全国倒数第二位，仅高于广西。

江勇考出了 604 分的成绩，成功被南京航空航天大学录取。爷爷奶奶为这件事高兴了近一个月，大摆酒宴，庆祝江勇考上了重点大学。

在网站查到了自己的录取结果之后，江勇发了一条朋友圈，只不过他屏蔽了河南老家的一些同学，“他们看到了应该不会很舒服。”

高考之后的江勇很感谢他的母亲王颖，“如果我在河南高考，情况会完全不一样”。三年前的江勇不能理解母亲的苦心，如今，他明白了。

“我和蓝印生一起高考”

吕丽是土生土长的天津人。2008 年参加高考。她的班上就有很多“蓝印学生”。班里的“蓝印考生”分为两类，一类是像江勇一样，小学和初中在北京读的，吕丽他们会私下里叫他们“北京蓝印”；还有一种是小学和初中在山东、河北、河南这些省份读的，被称为“其他蓝印”。

在学习成绩上，后者学习成绩更好。有些高中才学的知识，很多“其他蓝印”们初中就已经学过了，还学得很深入。

吕丽记得有一次期末考试，全年级理科前十名和文科前十名里面几乎有一半都是“蓝印考生”，她和她的那些天津同学们有的时候就会私下议论，“有的时候觉得他们凭什么，就是钻了政策的空子。”

“有些‘蓝印学生’确实很刻苦，下课了也不休息，问老师题，还会自己给自己加作业，他们的危机意识比较强，很多人很清楚自己转到天津就是奔着高考来的，所以格外努力。”

班里有个男生给吕丽留下的印象特别深，他是高二从河南转学过来的“蓝印”，但是学习成绩并不好，几次考试在班里都是“吊车尾”。高三的时候，因为每天都要早起晚归——早上六点半上早自习，晚上十点半才能回宿舍，所以很多人都非常疲惫。上课的时候，很多人一偏头就趴在桌子上睡着了。尤其是语文课，更是“特困生”们的“重灾区”。每次他犯困的时候，就会腾地一下站起来，走到教室的西北角，拿着书本和卷子，站着上课。语文老师调侃他，孔乙己是站着喝酒的人，他是站着上课的人。

有一次，或许是太困了，他竟然站着睡着了。身体摇摇晃晃，一个没站稳，“咣”的一声，直接坐到了地上。这可把在前面讲课的语文老师吓得不轻，语文老师从此再也不敢让他站着上课了。

毕业了之后的“吕丽们”回到母校看老师，语文老师已经把他的光荣事迹传扬给了下几届的学弟学妹，学校里涌现了更多站着上课的学生。

随着和“蓝印”们的交往越来越多，吕丽逐渐消除了与他们之间的隔阂，她教他们学天津话，带他们去看津门十景，很多“蓝印”们成了吕丽十多年的挚友。

如今，吕丽也成为了一名母亲，父母之爱子，则为之计深远。“我逐渐明白了为什么他们的家长要千方百计地把户口弄到天津来，户口赋予一个人的东西太多了。”吕丽很庆幸，她是户籍制度下的受益者。

蓝印户口和武清区

1992年，最早的蓝印户口出现。刚开始创造蓝印户口的目的主要是为了解决农转非的问题，蓝印户口确实在刺激房地产市场，加速城镇化建设方面起到过积极作用，但很快其弊端也逐渐暴露。获得蓝印户口虽然有人才引进、投资落户、购房落户几种途径，但后来购房落户基本上成为了外省市人口获取蓝印户口的唯一选择。人口激增、房地产市场不正常增长、高考移民、住房空置等情况日益凸显。2000年年初，众多城市选择停止实行蓝印户口政策，蓝印户口进入了历史的回收站。

然而，在一众实行蓝印户口政策的城市中，天津是个例外将蓝印户口政策一直实行到了2014年。

“天津继续实行蓝印户口政策的原因不外乎两点：一是天津位于北京周边，受北京虹吸效应明显，外来人口尤其是高端人才严重不足；二是天津经济增长过分依靠固定资产投资，2013年天津完成固定资产投资一千多万亿元，投资率达到了惊人的70%。与此同时，北、上、广的投资率只有30%上下，最低的深圳只有17.2%。由此看出天津的经济活力严重不足，政府在自身财力有限的情况下，如此之大的投资力度只能继续通过银行信贷，而这极有可能进一步推高地方负债和金融风险。蓝印户口的存在至少在一定程度上缓解了天津的房地产市场压力。”学者马骁在《城市开发》期刊中分析到。

在受蓝印户口影响下的天津房地产市场中，武清区成为了最大受益者。

武清区公安局统计数据显示，2012～2013年武清共办理蓝印户口9448户，28876人。这些办理蓝印户口的人占非天津市人员购房总数的40%左右，占武清商品房成交比例的20%以上。2013年，武清区房价涨幅达到9%，远超天津新建商品住宅房价平均1.56%的涨幅。从成交套数来看，武清区在天津市19个区县中位居第一，武清区的楼市火热度可见一斑。

武清区处于北京和天津的交界地带，随着京津高铁的开通，从北京到天津仅需要半个小时的高铁路程，而武清则是京津高铁唯一的经停站。另外，2009年，天津市调低了申报天津蓝印户口的购房标准，外地户籍在宝坻区、武清区和蓟县一次性付款购买40万元以上的商品房即可以申办，在天津市内六区和塘沽区则需要一次性付款80万元以上的商品房。

“鬼城”武清？

与武清火爆的购房率产生鲜明对比的是武清冷淡的入住率。据2013年的一篇媒体报道称，武清区入住率仅为10%。

后来，为了验证这个信息是否准确，21世纪经济报的记者询问了武清区的相关负责人，负责人表示，武清区当地人的入住率约为74%，比较高，可以达到90%及以上，外省市人口的入住率确实偏低，但也没有低到10%那么恐怖。

在武清买房的外省市人口居住率低确实是不争的事实。王颖也验证了这个说法，王颖的儿子江勇在天津河西务中学上学，平时住校，一般周六上午回家，周日下午返回学校。儿子上学期间，王颖会居住在北京市内，只有周六周日会回到武清居住。

2017年，儿子考上南京的大学后，王颖在武清的那套房就搁置了，近两年都没有人居住。

“我们旁边的那户也是，2013年底就卖出去了，我们至今都不知道旁边住的什么人，没见过。”小区里有很多像王颖一样的人，为了户口买了房子，但是平日里都不会在武清居住。对于购买者来说，房子本身对他们并没有吸引力，他们不在乎房屋的品质、朝向、楼层，他们在乎的是房子带来的蓝印户口。王颖所在的小区的很多房子都卖给了有蓝印户口择校需求的人，这些房子等个两三年，等家里的孩子们高考完了，要么会以二手房进行出售，要么就长时间搁置。“很难租出去，空的房子太多了。”

由于新城新区的房屋空置率过高，夜晚的时候小区内人迹罕至，气氛阴森，武清就被当地人形象地称为“鬼城”。

“其实‘鬼城’形成的内在因素是城市建设时只是单一植入了房地产功能，产业植入极度缺乏。武清区的房地产市场只能依靠第二居所和投资移民，房屋空置率极高，就会出现‘鬼城’的现象。”学者马骁说。

蓝印之后

2014年蓝印户口中止后，取代它的是更为科学的积分落户政策。

蓝印户口的取消确实给天津市房地产商带来了不小的阵痛。2014年底，很多正在施工的楼盘停止了施工进程。是继续投入还是及时止损？很多房地产商仍处在小心观望的状态。蓝印停办最受影响的群体就是冲着“高考红利”来的那些家长，而这些家长又是外地在天津购房的主力军。蓝印户口的取消势必会造成这个群体的大量流失，2014年有房地产专家预测，蓝印户口的停办会造成天津20%的客户流失，对于武清区来讲，这个比例将达到50%。

然而，京津冀一体化的大背景下，蓝印户口取消带来的阵痛并没有持续很久，天津市尤其是武清区的发展势头依旧强盛。2015年，天津武清房地产需求不减。根据2015年度天津房地产市场年报，武清当年的成交均价从2014年的6199元增加到了7640元。2016年，受降契税政策和国家对楼市的利好因素影响，武清房价一路高歌，新房、二手房几乎一天一价，保利、富力、远洋等大型房企也在此时陆续进入武清。

如今的武清高铁口，还能看到很多房屋销售人员将一张一张的宣传单见缝插针地塞到从高铁站中出来的行人手中，他们通常都会殷勤地跟在后面，热情地问“来武清看房吗，投资还是居住？”

蓝印户口的出现是中国二元对立的户籍制度下变异的“怪胎”，其本质还是各区域之间资源分配不均导致的发展不平衡。户籍制度的存在有它的合理性和必然性，但是由它引发的关于教育、医疗、住房等社会民生问题也亟待解决。目前，中小城市放开落户限制，大型城市采用更为科学的落户政策是户籍改革进程中明智的一步。

希望有一天，人们纯粹是因为喜欢这个城市才来到天津，仰看天塔旋云，俯观蓟北雄关，登高三盘暮雨，静听古刹晨钟，行过海门古塞，赏遍沽水流霞，探秘故里寻踪，畅游双城醉月，游戏龙潭浮翠，鸟瞰中环彩练。

（文中人名均为化名）

（文 / 余京菁）

莲生此处

刘娴莲眯了眯自己老视的双眼，用粗糙的手轻轻捶了捶因为早年过度劳累而落下病根的双腿，回忆起年轻时一双巧手正在工作台上穿针引线，听到有人呼唤自己就一把放下手里的活计，健步如飞冲出门去的场景。

人的年纪越大，就越喜欢回忆过去的事情，只要有人轻轻一扣，老人的话匣子便打开了。

“要是当年过海关的时候把箱子拿回来多好啊，都是好东西哟……”老人的语气满是可惜，“其实也没什么好说的，非要听的话，就从我出生那一年说起吧……”她温和慈爱地笑笑，思绪回到遥远尘封的过去。

1931 年，日本侵华战争爆发，中国人民开始了长达十四年艰苦卓绝的抗日战争。1940 年，刘娴莲在广东汕头的一个小村子里发出了第一声啼哭。这个名唤阿莲的小小襁褓里的婴儿，出生仅八个月时，莲生母就因为产后护理不到位而离开人世，留下稚嫩的女儿和初为人父、手忙脚乱的丈夫。阿莲的父亲念及女儿年幼，身边又无人照顾，没过多久就娶进门一位新妻子。

阿莲长到三四岁时，家里人听说有亲戚移民到泰国，并且在泰国赚了不少钱寄回家，颇为心动，加之当时国内情况不好，父亲和祖父犹豫了一阵，很快便下定决心，举家移民泰国，投奔亲戚。

于是懵懵懂懂的阿莲就这样随着家人来到了泰国。

然而，幼小的她先天体弱，又因为来到异国他乡水土不服，家里人疏于照顾，初到泰国她就生了一场大病，缠绵病榻一年有余，一直到五岁，她都是在床上度过的。

阿莲隐隐约约地记得，自己生病时曾被许多医生判了“死刑”，多亏祖父一直不肯放弃才终于战胜了病魔。那时，华人大量迁徙移民，泰国的唐人街颇具规模，其中，又以潮州人为主，泰国的唐人街甚至一度被称为潮州人的世界，走在街上，满耳皆是潮州方言。而祖父正是在这个潮州人的聚集地找到了一位“赤脚医生”，将阿莲从死神手中抢了回来。

于是，治病救人的种子在捡回一条小命的阿莲心中生根发芽。

病愈后，阿莲一家的日子也越过越好，家里的猪肉铺虽然是小本经营，但也渐渐有了一些积蓄。然而命运的残酷就在于，它总是喜欢在人感到平淡或幸福之时给人以致命一击。一次，阿莲的父亲因为醉酒，和家附近的地痞流氓玩“轮盘赌游戏”，一发子弹出膛，父亲应声倒在地上，再也没有了气息。

一家的顶梁柱就这么倒下了，父母年迈，儿女幼小，只有继母一人撑起了家里的猪肉铺，在赡养老人的同时，抚养先夫留下的女儿以及自己生育的小儿子。

生活清苦，人手不足，后母努力经营，勉强维持着猪肉铺的生意。等到阿莲长到初中升高中的年纪，已经深知读书的重要性，再加上心中不敢说出口却无比执着的梦想，她想要继续读书的念头疯狂地生长。可是，生长在这样一个传统的家庭，又是这样的家庭情况，家里人一致觉得她作为一个女孩子，没有必要读那么多书，反正最后无论如何都是要嫁人的，不如出去工作来补贴家用，缓解家里的经济压力。

虽然心中有不灭的梦想，现实的情况却阻挡了阿莲追求梦想的脚步。最终，阿莲顺从家人意愿，学习裁缝和纺织相关的技术，跟着泰国当地的服装公司出去跑业务。

阿莲从小就拥有常人所不能及的耐性与认真，只要是她决定去做的事情就一定会努力完成得尽善尽美。所以，这个聪明手巧的女孩很快就得到了老板的赏识，并亲自教导她如何设计衣服。初中的学历没有禁锢住她向上的步伐，阿莲用努力证明了自己的能力，成为了公司里数一数二的设计师，跟随公司团队走遍全球，除了东南亚各国，她还去过美国和欧洲很多发达国家，还曾经回到中国，去到北京、上海这些大城市……在服装公司里，阿莲学到了很多服装设计的本领，这些都成为了她日后安身立命的重要支柱。

即使阴差阳错成为了一名服装设计师，阿莲心中理想的那一簇火焰并没有熄灭。当时，泰国有很多有关于举办志愿活动的组织，在广泛了解了各种组织的情况之后，她决定加入红十字会，接受护士培训课程，学习医疗护理的知识，系统科学地开始接触她从小心向往之的职业。

阿莲深谙实践才能出真知的道理，她全盘放下设计师的工作，用一整年的时间走进曼谷的孤儿院和老人院当护士、护工，用自己的爱心、耐心以及用心学习到的专业知识赢得了所有人的赞许。

这样辛勤认真、诚诚恳恳的工作态度当然也看在了红十字会领导的眼里。领导觉得阿莲不管是思想态度还是身体素质等各方面条件都很好，想把她公费送去美国深造，学习护士专业的医疗知识。

阿莲听到这个消息后，欣喜若狂，这对年纪已经不算小的她来说是个绝佳的、一辈子可能只有一次的机会。得到消息后，她立刻告诉了这些年来一直抚养自己长大成人的后母。但令她没想到的是，这个决定会让她后悔一辈子。

一直以来，阿莲对后母的感情错综难言。她爱她在父亲去世后，一个人照顾一家老小，含辛茹苦把她抚养长大，从未在物质和精神方面上亏待过她。但也恨她成了寡妇后心中的不满无处发泄，偶拿她做出气筒，暗地里掐她捏她来泄愤，虽然不是很严重的虐待，但总归是让阿莲心有不满。但在阿莲成为设计师后，每月收入实在可观，她一个人用项极少，因此经常会给家里寄很多钱，久而久之，阿莲成为家中的经济支柱，后母对她也越来越和颜悦色了。

后母向她要的钱一次比一次多，备受宠爱的“独苗”弟弟文不成武不就，工作都是糊弄了事，竟然也开始伸手向姐姐要钱，阿莲的经济压力越来越大，可仍旧尽自己最大的努力支撑着这个家庭。然而，阿莲没想到后母为了杜绝她去美国进修后，家里会断了这部分经济来源的可能性，在她赴美前竟将她的护照偷偷藏了起来。望着天际飞机划过的那道白线，阿莲觉得那也是自己命运的一条分界线，叹气之后，泪流满面。

20世纪六七十年代的泰国，纺织漂染工业和成衣工业在泰国的华人经济里占有极大的比例，设计师的工作又挣钱又体面，和做一个入不敷出的护士相比，什么才是更好的选择阿莲心中也很清楚，她能明白后母的惶恐和不解，却无法原谅她的做法。

失去了去美国深造的机会，生活压力也开始增大，阿莲只能回到服装设计行业。但她是一个从不会向命运低头认输的人，即便不能在自己深爱的行业里继续走下去，她也会扎扎实实走好眼前的路，证明自己的能力，做出自己的成绩。慢慢地，阿莲自己也开了一家服装设计小公司，独立来做设计版型之类的工作。最初她要自己做裁缝，一个人通宵达旦赶制成品，后来终于做成一家雇用了很多人、小有名气的大公司，这其中经历的磨难可想而知，但她自己却云淡风轻，觉得不足为外人道也。

在这个漫长而枯燥的过程中，阿莲每天画设计稿就要工作到凌晨三四点，睡一两个小时之后又要爬起床开业。但凭借着自己不服输的韧劲与斗志，阿莲一步步把自己的公司打造得颇具规模。三十多岁时，阿莲与一位偷渡过来投奔自己、一位八竿子打不着的亲戚相识，暗生情愫，最后终成眷属。

此时，阿莲的经济条件变好，赚了不少钱，投资了很多股票基金产业，不能说大富大贵，但也生活无忧。正在这时，阿莲出于信任借给朋友很大一笔钱，结果朋友卷款潜逃，又逢经济危机，股票市场动荡，公司资产冻结，公司被查封，生意一落千丈，破产的阿莲一家成为了时代碰撞牺牲下的产物。

20世纪七八十年代的中国正值改革开放，百废待兴，阿莲的亲戚中有人提议回国发展。思前想后，权衡利弊，阿莲一家也决定回国闯一闯。而就在过海关的时候，又出现了难题，归国华侨的海关程序比较严格，有很多规定不准带的东西，规格也有限制，阿莲一家大包小包，有很多东西都被海关扣下。虽然现在都已经是陈年旧物，但阿莲每次想起来，都唏嘘不已。

回国后，阿莲并未重操旧业，而是跟着丈夫去了家乡揭阳一个落后的小村子。那时候的中国还实行大包干制度，丈夫被分配去管理一个渔场，阿莲则是生儿育女，成了一个家庭主妇，日子也就在柴米油盐酱醋茶中平平淡淡、普普通通地过去。

在资本主义社会环境下长大的阿莲，当时并不适应国内的生活环境，或许是因为经历过的大风大浪，平淡的生活一时间让阿莲有些茫然无措。但也是因为有了过去的那段经历，她具有乡野村妇们所不能企及的国际视野，除了对待事情的看法新颖且接受程度高之外，阿莲不但知道许多稀奇古怪的奇闻逸事，还能经常给孩子们做一些异国美食，这让她非常受孩子们的欢迎，这样的简单平静的生活终于渐渐平息了阿莲心中的茫然。

一直到现在，刘娴莲仍在想，如果当初自己坚持读书，结局会是什么样；如果当初后母没有藏起自己的护照，自己顺利奔赴美国，结局会是什么样……可惜并没有“如果”即使自己每每感叹造化弄人，也终归无法改变命运。

刘娴莲现在跟着孩子定居深圳，让她隐隐有些满足的是，早年学过的医疗知识让她成为全家的“家庭医生”，不管家中谁有什么头疼脑热，甚至街坊邻居有什么身体不适，她都能立马化身“赤脚医生”给病人诊断并且给出建议，她觉得自己又是一个“还算有点用的人”了。

种种阴差阳错，再加上时代的颠簸曲折，让刘娴莲的命运跌宕起伏又归于平静。她从幼时便种下的医疗救人的种子，但因为时代的风云变幻和命运的巧合而难以实现。现实不是小说或者电视剧，有些遗憾是注定遗憾终生、无法弥补的。或许平行的时空里的阿莲能够顺利在自己读书学习，朝着自己喜欢的方向一路深造，最终成为救死扶伤的优秀医生。而在这里，阿莲只能是孙儿孙女们最喜欢的祖母、外婆。

莲生何处，莲归此乡。

（文 / 郑怡）

“我答应过我爸，会守护好这个家”

“田弟，你和我上广州挣钱好不？”1983年，父亲的一句话让这个13岁的姑娘开始了她的劳碌半生。黎田弟只是时代发展洪流中的一个小人物，但她的故事又是那个年代社会的缩影：因贫穷而辍学，把机会留给弟弟；离乡别井入厂当女工帮补家用；父亲过世后，一人撑起一个家。她的前半生是为“大家”而活，后半生该为自己而活！

“我不读了，把机会留给弟弟吧”

1970年，田弟出生在广东湛江一个叫作乌坭的小村子，六兄弟姐妹，她排行老大。父亲希望她能像个男生一样撑起这个家，给她取了个很男性的名字。1979年恢复高考制度后，田弟的父母都觉得让小孩学习点知识很重要，那时两个小妹还没有出生，六口之家靠着父亲在邻村做装修工人，母亲下田种地，家里过得很贫苦。父亲还是咬紧牙关坚持他们四兄弟姐妹去上学。“那时家里的米缸没满过，我妈都是煮粥，或者是番薯饭，因为番薯饭可以省点米。”田弟读了三年就选择辍学了。“9 块钱一个学期，我读到三年级，就退学留给我弟弟读了。”因为田弟经常要帮母亲下田插秧，农忙时连晚课都上不了，要在家帮忙割穗收成、洗衣做饭，缺席多了也耽误不少课程；再加上父亲的工作属于手停口停的类型，经常没有收入，田弟不忍看着父亲为了孩子们的学费而四处借款，便决定以“不想读书”的借口辍学。田弟的成绩在班里是中上水平，当时老师来家访劝她回去读书，犹豫再三，她还是婉拒了而选择辍学在家干活，把机会留给弟弟。

“爸爸你快上广州，我很害怕”

1983 年，有个邻居去广州做小生意，批发蒜，解决了温饱问题。田弟的父亲在广州也有亲戚，他便打算去投靠亲戚，做点小买卖，于是让田弟也跟着上广州帮忙。

“田弟，你和我上广州挣钱好不？”田弟的父亲坐在门前的空地上，抽着水烟问道。那年，田弟 13 岁，她什么都不懂，却知道这是她的责任，刚过完春节就收拾两件衣服跟着父亲去省城做买卖了。刚开始在海珠区的赤岗市场摆地摊，做的是辣椒生意。田弟的父亲在湛江吴川的农产品站点收灯笼椒，然后利用回头车拉货上广州拿到市场去卖，主要批发给部队，一斤赚一毛钱。父亲称货的时候，田弟就站在旁边帮忙吆喝，招揽生意、看货、收钱。父女俩寄宿在亲戚家，日出而作、日入而息。卖了两三个月后，辣椒转为淡季，父女俩把眼光瞄向了吴川胶鞋。

中国1978年改革开放后，香港把制造业搬到珠三角地区设厂以节省劳工成本，田弟回忆道。吴川梅菉镇的胶鞋很出名，批发几毛钱一双，因此父女俩又从吴川拿货到广州卖。“以前都没有工具车可以拉，早上去摆摊的时候都是我背着去的，用尼龙袋装，就现在承重50kg大米的包装袋。”田弟还用手势比画了一下尼龙袋的大小，“两袋两袋地搭在肩膀，我人又矮小，一趟最多背四袋，每天早上都要跑十趟八趟才完。虽然我就住市场附近，但是没有两个小时是开不了档的，我每天要六点起床。”1983年6月初，田弟的双胞胎小妹出生了，田弟的父亲要赶回湛江照顾她母亲，便留田弟一个人在广州寄住，摆摊、收摊都是田弟自己做。

由于周围的摊主都是成年人，13岁的田弟在赤岗市场显得尤为稚嫩，大家见她讨生活不容易，很多人都光顾她的生意，田弟的胶鞋卖得颇快。

“我开始挣钱了，一切都在好起来”

“我觉得广州这个大城市，相比湛江工作多、薪水高。我父亲担心我一人在外，我好不容易才说服了他让我留在广州。”田弟后来找了一份珠江制片厂的临时工，在里面做卷带的人手操作。20世纪80年代盛行磁带机听音乐，田弟就在里面做着卷磁带和装螺丝的活儿。那时候的工作都是有编制的，因为没有广州本地的户口，田弟只能和大部分人一样当临时工，随时有失业的可能。

但田弟积极上进，每天都早到晚归，在厂里努力找事情来做。“如果有广州户口就可以应聘当全职啦，福利、待遇各方面都比临时工好，但厂里只有三四成是长工，我每天上班都会担心突然就没工作了。”每天都过得心惊胆战，果不其然，后来厂里因为人手过多而开始裁员了。幸运的是，她平日的努力被组长看在眼里，组长对她的评价是肯做肯挨、人缘好，田弟没在解雇的名单中。可惜半年后，珠江制片厂还是因为经费问题而裁掉田弟。

田弟在乡里的介绍下，又找了一份麻纺厂的工作，工作性质比较稳定。“麻纺厂 240 块一个月，主要是很稳定，不用担心没工作了。日常是三班轮流制，厂里包吃住，有员工宿舍提供给我们女工，那段打工日子还是蛮开心的。”田弟负责纺纱，白天跟着师傅学习操作机器设备，晚上下班就和工友回宿舍，一群年纪相仿的女生住在一起，有很多话题可以八卦，很多心事可以分享。一到周末休息的时候，一班女生会去北京路、中山路逛逛街，吃吃小吃，田弟在麻纺厂改变了过去沉默寡言的状态，找到了青春期女生的感觉。在麻纺厂工作，田弟还学会了织毛衣，晚上空闲的时候就织，从简单的基础针法到复杂的麻花针法，田弟织了十几件寄回乡下给弟妹们，让他们冬天可以御寒。

田弟在外工作五年，回乡的次数寥寥可数。一来是因为路途遥远，交通还没有如今那么便利。她回忆 20 世纪 80 年代的时候只有大巴，没有卧铺，没有冷气，车要开十几个小时才辗转回到小乡村。

还没开通高速公路的时候，来往客车都走九江道，如果遇到恶劣天气，还要在路上停靠一两天才能行驶。二来车票贵，回一趟家要花一个月的工资，田弟不舍得把钱都浪费在路费上，因此把钱省下来，逢年过节才会回家。说到薪水，她记得她第一笔工资是这样分配的："我给了50块给亲戚买菜，自己留了10块钱，其余的都寄回去给我母亲了。"作为大姐，她为家里人付出而无怨无悔。当问她第一年带了什么回去过年时，她说："我知道我妈心疼钱，我就买了一部录音机、缝纫车、十把折椅，还给家人们每人买几套衣服，让他们过个开心年！我父亲可高兴了，逢人就夸我能干，会挣钱回家。"那年，她16岁。

"从未有过放弃的念头，我不敢倒"

1988年，田弟结束了她外地打工的生活，回到湛江帮父亲开店。当时，很多人"下海"经商当个体户，田弟的父亲托人在菜市场投了一个档口做副食品生意。大妹在广州入厂工作，两个弟弟在中学，两个小妹才上小学，搞副食品生意的重担自然落在田弟身上。为了节省装修费用，田弟和父亲自己买材料来扎铁、焊货架、刷油漆，就连电工的工作也是自己做。

田弟说投得档口是在机缘巧合的情况下，并没有经过深思熟虑，只想什么能赚钱就做什么生意，刚开始很多东西都不懂，入货也没有门道。因此，她四处去请教别人，了解到哪里有货源就自己去视察。"我最记得有段时间去农场收木耳了，批发市场的木耳不够好，价格又贵，肯定不好卖的。我打听到湖光岩（郊区）那边的农场卖木耳，我就骑了两个多小时的自行车去农场，一家一家地看，走了六七家比价，让老板优惠一点。”那年，她18岁。

开店初期，缺乏经验的田弟也遇到过团伙骗案，遭遇重大的经济损失。有个推销员拿发酵粉来试卖，吹嘘发酵粉的效果，然后又暗中叫一伙人分开来买，制造这款发酵粉很红火的假象。“我入了一箱想试试市场效果，结果真的有人来买，天天都有两三个吧，男男女女的，不同时间段来，和我说这款产品多好用，问我还有没有货，有多少要多少。我没想到是骗局，就入了很多货呀。”这个团伙为了增加可信度，延迟了几天才说有货可发；又以退为进，让田弟可以先付半款，等售完了再付余额。结果一拿到半款后，货物就无人问津了，田弟再打电话给推销员时已经人去楼空，就这样田弟用了一万块买了生意上的一个大教训。

吃一堑长一智，田弟此后做生意都尤为谨慎，副食店的生意也慢慢好起来了。“20 世纪 90 年代那会儿哪有什么连锁超市？都是些家庭主妇去菜市场买菜，我的店面大，选择种类多，价格又公道，那时生意还挺好的。”田弟还在人流旺区开了第二家分店，聘请了三个工人看档。田弟回忆那时候是最充实的一段日子，虽然当老板有压力，要看着员工的饭碗，但是一切都慢慢好起来，弟妹们开始长大了，家里的经济状态有所好转。田弟还有个蓝图：计划着把家人的户口从农村迁出到市区，在市区买地皮盖房子，把父母和弟妹们都接过来，让他们过上好的生活。但是，田弟的计划还没开始实现，她的父亲就患上了肝癌。

1992年的夏天，父亲在家里晕倒了，送去医院之后发现父亲患的是肝癌末期。就在田弟以为一切都要好起来的时候，这个噩耗击垮了她。那一年，她东奔西走，人也担忧得面黄肌瘦。她转让了分店，把资金拿来给父亲治疗，陪在父亲身边做化疗，甚至听说上海有个气功大师可以治疗癌症，她连夜买机票带父亲去上海治病。

一年后，父亲还是去世了。父亲去世那天，田弟抱着父亲的躯体坐在了床边一个小时，不肯撒手。母亲劝她把父亲放下来，她置若罔闻，只想着父亲临终时惦记着一家老小，对她的交代："弟弟妹妹还小，你母亲身体又不好，你要帮我照顾好这个家，看他们长大成人，成家立业啊！我知道你从小就苦，爸爸让你出去养家，你牺牲很多，但这是你的责任，你要代替父亲守护这个家，凡事坚强一点！"那年，她23岁。

田弟取父亲的"群"字，把店铺名字改为"群兴副食店"，寓意生意兴隆，同时也想记着父亲的教导。父亲走后，家里所有人唯她马首是瞻，她的责任就更加重大了。当问到她有没有过气馁的时候，她坚定地摇了摇头"从未有过这念头，我答应过我父亲要守护好这个家，我要撑住，所以无论多艰难都要撑下去，我从没想过要放弃。我只想赚多点钱，给他们好的生活，对我父亲信守诺言。"

在当时市场内店主多为男性，很多人以为田弟一人搞不定生意，看轻她很快结业。不同于父亲在世坐镇时，有些坑蒙拐骗的骗徒见她一介女流，会主动找上门来。田弟说有毒友试过来档口讨钱，有骗徒拿假钞来换真钞，也有摊贩想强占她档口的有利位置摆摊，她信奉"不主动招事儿，来事儿也不怕"的原则，将大大小小的状况当作一种磨炼来解决。田弟在档口样样事情都亲力亲为，开门、关店、招揽生意、处理账务都是她来做，食不定时挨到胃出血住院，店铺到了年初一才放一天假，她疯狂到甚至工作到生产前两天。“我印象最深的就是生我大女儿的时候，她是农历八月十八出生的，我八月十六那天还去批发市场入货。工人在看档，我就自己请三轮车载货搬回市场，第二天肚子痛进医院就发现要生了。”样样事情都不愿假手于人，她勤勤恳恳的态度令人刮目相看，渐渐地打出自己的招牌。同行提起她时，多是敬佩之意，称赞她刚强不息。

一切都如田弟初期的期望走，后来攒够了钱，盖房子、接弟妹到城市生活，改变了家里贫困的状态。从某种意义上，田弟做到了她对父亲的承诺：担起这个家，守护好它直到弟妹们长大成人。田弟经历了两段婚姻，随着第二段婚姻的展开，田弟2005年的时候已经随着丈夫去香港定居，湛江的档口由妹妹来接手。

结语

在采访后期，田弟回忆她那十几年的日子，她是这样说的：“在菜市场的人都叫我‘铁人兰’，说我不会累，遇到什么困难都不会哭。其实我很累的，但我知道我不能倒，我身后没有人能支撑我。如今，看着我弟妹们成家立业，我母亲不用忧柴忧米，能安享晚年，我也算是对得起这个家了。”如今，田弟在香港生活得很平和，平日在超市兼职打发时间，到点就下班回家给丈夫、女儿洗衣做饭，操持家务。周末的时候就约上朋友去行山做运动，或是喝茶逛街，聊聊生活琐事，好不惬意。这个带着太阳帽、打扮随性的中年妇女，捧着一杯摩卡细细品尝，眉眼间尽是幸福满足的微笑，真的很难想象她的青年时代经历过如此多的磨难，或者说生活本就不易，只是每个认真生活的人都值得敬佩！

（文／谭丽婷）

Chapter Ⅱ
山重水复疑无路

一个药店的生存与变迁

叶先是家族中的老大，却不是家族中经济支持的顶梁柱。

药店变成了快递中转站

叶先开在小区群中心的小药店，现在只有中老年人买日常用药才会光临了。青年人已经转战网上购药，而病情稍微严重一点的都选择去医院治疗了。有一些到叶先药店看病的老年人，因为年龄过大，叶先怕自己看出现意外，还劝他们去医院治疗。

这样一天的时间里，叶先的小药店可能只有不到十个病人。与之相对的，却是叶先小药店内快递签收、拿取的繁荣。

这个小药店每天能迎来数十件快递，从早上九点到晚上八点，都有快递员拿着快递让叶先帮忙签收。时间长了，这里的快递员都与叶先和他的妻子熟识了。偶尔时间充裕，还会到药店中喝口茶，和叶先夫妻聊聊天。快递员生病时也会趁着送快递的间隙到叶先的店里看看病，买点药。

据叶先回忆，店内变成快递存放点是从两三年前开始的。因为地处小区中心，也是面向大众的一个较为明显的标识点。有些人因为要上班没有办法及时取快递，放在住宿楼下又不安全，就跟叶先商量，先放在叶先药店中，等他们下班了顺路来取。

“当时我觉得没什么，邻里邻舍的，互相帮一下忙，不是什么大事。”叶先现在打趣道，“要是知道今天能发展成这个规模，当时我就收费了，现在也是一笔可观的收入，现在他们的收货地址都直接写我的药店地址了。”

叶先的药店现在已经专门开辟出一块地方给周围的小区住户寄存快递，有些大件快递实在放不下就只能堆在店门外，“先放在店门外，然后打电话让物主尽快来取，不然看不到，怕丢了。”

“要说这个有什么影响，大概就是，逢年过节的时候店里会收到很多礼物吧。”叶先和他的妻子原来和周围的邻居只是点头之交，自从帮忙代收快递后，他们和周围的人的感情直线升温。

“因为我们这个是自愿帮忙，也没想着收他们什么好处，”叶先的老婆在旁边补充说，“但他们就都记着，在碰上节假日或是刚刚从外面旅游回来，都会带点东西给我们。我们现在也是足不出户吃遍各地美食了。”

叶先现在的签收快递能力越来越娴熟，收取后还会帮助不同小区的住户归好类，来取快递的人只要在属于自己小区的快递堆中稍微翻找一下就能找到。

叶先不无自豪地说："我们这里这么多年，还没有发生过快递丢失的现象。他们发现拿错快递，都会马上送回来。若是有评分，我觉得我这里完全可以打上五分。"

快递业从20世纪80年代就开始存在了。中国邮政EMS于1980年开办全球邮政特快专递业务，开创中国大陆快递业之先河。但那个时候的快递并没有很多人使用，或者说，还没有正式进入人们的日常生活中。但电商的崛起，给快递行业发展以丰沃的土壤，快递业从此势如破竹，不可阻挡。而发现这一商机的，是京东。2007年，京东自建物流，让电商正式进入快递业。

至此，快递业这十几年的发展速度超过了之前的二十七年。2009年，新《中华人民共和国邮政法》出台，明确了快递企业的法律地位。2013年，马云也嗅到了快递行业的商机，投资3000亿元建立菜鸟网络。随后，圆通、申通、韵达和顺丰先后于2017到2018年间登陆资本市场，成为了有广阔前景的上市公司。

从现在的发展情况看，快递在不同程度上方便着人们的日常生活，叶先的小药店在未来也还将收到越来越多的快递。

开业初期 欣欣向荣

小药店的拥有者叶先，是顺应改革开放潮流从农村到城市创业的其中一员。他生于1971年，是家族中最年长的大哥。虽然年轻时家里穷得揭不开锅，但父母都勒紧裤带送叶先读完了大专。叶先大专修读的专业是医学专业，完成学业后，叶先就想要自己创业，开一家药店。

“当时年少轻狂，就想拼一拼。也不是没有想过帮别人打工，但那样赚的钱有限，还没有自己的时间。”叶先回忆道，“我需要赚钱养活家里五口人，我想让他们过上好生活，每天都能吃饱。还希望能供我弟弟妹妹上学，我自己上过学，就知道上学有多重要。不上学一辈子都只能待在农村了。”

但创业的艰难也让叶先记忆深刻。首先，一个农村户口、没有任何背景的愣头青要在城市中拿到暂住证和营业许可证就并不容易。

当时叶先的回忆就是每天都在药品监督局和市公安局之间奔走，“用了多久拿到营业许可证？两个月？三个月？我已经记不清楚了，那段时间的记忆我只剩这两个地点了。”

“拿到营业许可证后，我就开始满城跑，希望找一个便宜点的店铺。”后来，叶先在新闻路小区群中心发现了一间店铺，价钱中等，“但我觉得它很有发展潜力，小区中肯定有人需要日常用药，所以贵一点我也咬咬牙租了下来。”

租完店铺后叶先也没有钱再租一个住所了，只能在药店后方放了个简易的床，“白天就在前面工作，晚上关上门就在后面休息。”现在还能在叶先的药店内看到这张有三十多年历史的木床，叶先一直舍不得扔，“也是一个难忘的回忆，虽然没有人躺在上面休息了。”

早几年，叶先店内的生意还是非常火爆的，因为地域选得好，小区内的人生病了都会来叶先的店内拿药。“当时还有的人，觉得医院里的药太贵，去医院看了医生，拿着药单来我们这边买药。”

“那个时候的生意真的挺好，我每天都从早忙到晚，虽然累，但很充实。每天关上门后就一个人躲起来数钱，每次数完钱都很开心，觉得生活又有了干劲，一天的辛苦都不见了。”

叶先在创业的前十年里，让家乡的房子从一层变成了三层，从水泥地板变成陶瓷地板，从空空荡荡变成了基本家具齐全。

他还凭一己之力供弟弟妹妹读书，“但是我妹妹读到中学就没有继续读书了，因为那时候我的工作太忙了，她体贴我太辛苦，就辍学来帮我一起开药店。我们一起帮助最小的弟弟完成了学业，但是现在的他反而最无所事事，什么忙都帮不上。”

叶先说起他最小的弟弟时，表情变得很是凝重，“高中的时候和不好的同学学坏了，抽烟喝酒赌博什么都染上了，这几年才好一点，但人已经变傻了，也没有女人愿意嫁给他。”

叶先的妹妹帮叶先干了几年后，叶先妹妹的同学李阿姨就和叶先结婚了。变成了李阿姨帮叶先一起开药店，叶先妹妹选择回到家乡也学哥哥的样子开了一家自己的药店。

“我妹妹是个很聪明的人，在药店帮忙这几年她学到了很多。她马上就学以致用，到家乡去开药店。现在她可比我厉害多了。”

20 个世纪 80 年代正是改革开放后，人口从农村向城市迁移的高峰期，为了管控人口，当时的农村人口想要在城市中居住需要获得暂住证。叶先这样一群拿着暂住证的年轻人，从农村到城市，让当时的城市建设得到了飞速的发展，迅速提高了我国城市化进程的速度。

开业中期 老医师坐镇 生意火爆

叶先刚娶老婆，就搬出药店，找了个新住所，为两人的未来筹谋。几个月后，李阿姨肚子里有了第一个孩子。七年后，李阿姨又怀上了第二个。

现在叶先第一个孩子已经读大学了，小儿子也已经准备上初中了。

“开店第十四年，我们这里的大医院有个老医师退休了，”叶先回忆说，“这个老医师姓廖，在这边的医院工作了几十年了，因为年龄到了就从医院退休了。”退休后的廖医师因为家里没有人陪伴（女儿在省外工作，母亲在国外），所以经常到叶先的药店里转转，有时候也会帮助叶先看看病人。

一次两次下来，叶先也专门为廖医师准备了一张桌子给病人看病。廖医师也干脆驻扎了下来，每天上午都到叶先的药店内给病人看病。口耳相传后，大家都知道了叶先药店里有个医院退休的老医师，资历丰富，药到病除。大医院看病贵，而到叶先的药店里只需支付少量的看病费用，就可以得到老医师的治疗指导。

一时之间，叶先的药店内人满为患，每天都有慕名而来的病人。

“廖医师给他们看完病，都会开药单。而通常，也是因为方便，病人们都会直接在我们药店里拿药，”叶先感慨，“那段时间，我们每天都赚得钵满盆满，家里每天都充满欢声笑语。也在那段时间，我们换了个离药店更近的房子。原来那个家离药店太远了，来来回回不方便。”

但是好景不长，廖医师在叶先的店内帮忙看了半年病后，就被另一家大医院高薪聘请去当药师顾问了。店里的生意又渐渐回到了以前的样子，不咸不淡的。

“说没有遗憾是假的，当时知道廖医师要回去的时候，我们都很无措，但也没有办法。”叶先满脸遗憾。

开业中后期 药店转为副业

2007 年，叶先的店里有了电脑。一开始，电脑的作用就是给叶先和他的妻子消遣，无聊时打发时间的。但后来，叶先就用电脑打开了新世界的大门。

“那时候旁边小卖部的店铺里还没有电脑，但是男主人炒股，想要时不时看看股市走向，就到我这边下载相关软件，然后时不时来看一眼。有时候还会跟我讲几句，一来二去，我也知道了一些皮毛。”

叶先在这样的氛围带动下，也学会了看股票和炒股。看着药店带来的只能勉强维持温饱的收入，叶先心一横，也向家人借了几万元入股。

“不得不说，我在股市中的运气比现实生活中好多了，”叶先提起股市也是满脸笑容，“我现在家里的大部分收入都是炒股的来的，药店反而变成了一个打发工作时间的场所，顺便赚点小钱。”

现在的叶先早就还清了当年借来炒股的钱，还有盈余。

“炒股其实有赚有赔，这很正常。我也经历过亏损几十万的时候，但是我没有慌张，而是耐心等待，等待股市回温。”叶先大谈经验之道，“现在就要抓住高新产业的股票，不会错的。”

叶先现在靠着炒股，让家人基本过上了小康生活，还换了个新房子。“这个房子买在教育区内，以后我孙子孙女的教育就有着落了，如果我孩子选择在本城市发展的话。”

现在叶先的店内时不时还会迎来一些向叶先咨询股市走向的人，有时候甚至还比来药店买药的人还要多。“我现在花在股市咨询的时间比在药学专业书方面的时间还要长，股市真的是瞬息万变，稍不留神钱就没了。”

“现在老了比年轻时懂得变通了，知道赚钱的方式有很多，有时候闷头往前冲可能并不能得到你想要的结果，多选择几种方式，反而能达到你想要的目标。”

叶先现在每天任务很轻松，有病人来就帮他们看看病（通常都是小问题），有人来取快递就打个招呼，然后隔段时间看看股市，一天也就这样过去了。

城市和乡村 药店情况大不同

近年来，药品监督管理局对个体私营药店的管制越来越严格。

叶先在前几年，突然接到要求，每个私营药店至少要有一名职业医师。而职业医师资格，是要通过考试考取的。

“四十几的人了，还每天拿着书在那里不停地背，”叶先看着自己的药店叹息，“我和我妻子都是，那段时间都不敢睡觉，天天都在背书，为了和其他年轻人争这一个名额。虽说药店收入不大，但是这也是我们工作了几十年的地方，要是没了，我们这个年龄还能干什么，总不能天天呆在家里。”

功夫不负有心人，最终叶先和他妻子都考取到了职业医师资格证，有了两个职业医师，这家小药店终于可以继续经营下去。

“但我们现在也并不轻松，现在私营药店除了要有一个医师，还要有一个职业药师，又需要我们去考取，”叶先苦笑，“我觉得这次我考不过了，这几年记忆力下降得厉害，这可能要靠我妻子努力了。要是我妻子也没有考过，就只能聘请一个职业药师当帮手了。”

叶先的妹妹处境比叶先在城里的处境好多了。

“村里没有大医院，医生质量也不好。虽然有个卫生局，但服务态度不好，村里都没人愿意去。”村里的这些情况，使叶先妹妹的药店一天比一天火爆，她通常从一开门就迎接病人，到天黑再把最后一个病人送走。“有的时候她忙得连饭都吃不了，跟陀螺一样。我们劝了她好多次，要适度休息，生意可以不做，她也不听。”叶先说起这个好强的妹妹的时候很是心疼，“她想给家里多挣点钱。现在家里的老人都是她养的，我出的力还没有她多。但是这几年高强度的工作，也让她的身体垮了，受不了一点寒。”

农村医疗设施陈旧、设备老化，多数卫生院房屋建于20世纪八九十年代，现已经十分破旧。而且医疗卫生人才缺失，资金投入不足，医疗保障和救助水平都不高。这些因素使叶先妹妹的药店变得不可或缺。村里的人生病了，都是先找这位年轻有能力的女医师，村里卫生院变得可有可无。

“我妹妹现在就凭自己的药店，买了两套房，自己手上还有存款，”叶先不无钦佩，“我们家中收入最多的就是她了，家中老人也依靠她，我才放心在城里打拼。”

叶先不是没有考虑过回家乡帮助妹妹：“家乡是好，赚的钱也比城里多。但是我的孩子要在城里接受教育，如果我们回去了，他们谁来照顾？所以我不敢，只能努力在这里生活。”

“我妹妹最近也在城里买了房，准备到城里生活了，也是因为想把孩子送到城里读书，”叶先补充，“我们乡村的教育真的太落后了，考到全校第一名都不一定能上 985/211 高校。”

“其实药店还是好的，对比其他实体店，”叶先惋惜，“现在上街看看，步行街已经运营不下去了，很多服装店都关门了，只有食品店还在支撑。在网络的冲击下，实体店越来越难运营了。网上药店相比起来限制还是比较大，还有很多问题需要在实体店解决。所以，网络的发展对我们的冲击现在还是比较小的。”

现在医药电商还处于很初级的状态，未来的发展方向重点肯定是要放在客户管理上。如今，很多巨头平台都开始发展医药电商方向，“京东到家”就是医药电商中发展较好的一个，承诺 2 小时送货上门，解决客户急需用药的问题。

他们在线下招揽了一大批药房加盟，范围囊括大部分地方，模式跟“饿了么”有些相似。如果用户体验过关，接下来用户也不会太抵触在相应平台下单购买别的医药产品。电商产品是以日常用药、普通药为主，一旦发展成熟，对线下实体门店的冲击还是比较大的。

不过，线上医药电商还需要时间来发展，结合叶先药店内快递规模的发展，或许真的如叶先打趣的，“可以考虑转行开快递站点了”。

（文中人名均为化名）

（文 / 叶梓）

一根管子的故事

天真的很热。他穿着的白衬衫背后已经湿透了。

但是他还挺开心的，上下打量着崭新的工厂大门和牌匾，内心有着小小雀跃。

“拍个照纪念一下吧。”

他回过头，两手往身后一背，正对镜头，年轻的脸庞上露出了有些笨拙的微笑。

这是他来到工厂的第一天。

成长

要说谁是穷人家的孩子，小时候的任炼金真是当之无愧。

毛塘村处在湖南岳阳、长沙和汨罗的交界处，山清水秀，也一穷二白。任炼金是家中的长子，家里除了他，还上有老下有小，一家七口人住在两间加起来不超过 80 平方米的小平房里。母亲体力不好，还要照顾家里的老人，于是父亲成了家里主要劳动力。1978 年改革开放后，家里的务农收入逐渐增加，一家人才终于能吃上一口饱饭，过年也不用再向公社借粮了。

任炼金的父亲只有小学学历，尽管小时候父亲是班长，学习成绩优秀，但在他父亲的那个年代，读书就真的意味着家里少劳动力，全家没有饭吃。父亲上到中学时，一个星期回来就瘦一圈，最后实在瘦得太过病态，奶奶看不下去，就不让他读了。中途辍学似乎成为了父亲的遗憾，于是在父亲的灌输下，任炼金从小就知道："一定要读书，只有读书才能走出去。"

中考，对农村的孩子而言，是决定能否走读书这条路的关键。当时任炼金在县里的一个小中学读书，尽管他的成绩在学校数一数二，但在那个偏僻且贫穷的小乡镇上，别说一个学校，就是整个镇都没出过大学生。他明白，自己只有考上了市里的重点中学，才有可能成为大学生，走出这个小乡村。可是他只是一个贫穷乡村的贫民子弟，没有文化素质高的家人指导，上学回家还得务农，甚至买课外书都是奢望，他只有努力。

几十年后，他依旧记得在那个盛夏，他在家里的破木桌前就着煤油灯彻夜苦读的场景。煤油灯昏黄摇曳，陪伴着他度过了中考前的一段时间。睡觉是不可能的，要是读困了就趴在桌上睡一会，醒了后接着看书。后来的他回想那段时光，总觉得像是励志读物里的场景，像一场梦一样，很不真实。但那些回忆里汗津津的背脊，蚊子叮在身上的瘙痒，又一直告诉他，他真的曾经为了学习，拼过命。

后来他近视了，也考上了市里的重点高中。

上高中前，父亲特地抽了时间，带他到地摊上买了副眼镜。那副眼镜度数是多少至今是个谜，但的确戴着能看清楚。戴上眼镜的那一刻起，他突然觉得：他只能读书了。似乎断了他后路的，不是生活的困境，而是那一副沉甸甸的眼镜。

1986 年，他考上了华南理工大学。

他是村里，第一个大学生。

迁移

高考填报志愿时，他选择了化学理工专业。后来，有人问他为什么当初这样选择，他说："高中的时候有一道题，问的是做实验时是浓硫酸加入水还是水加入浓硫酸，当时全班都选错了，就我一个人坚持自己，最后选对了。从那以后我就特别喜欢化学。"

为了上大学，他来到了广东广州，父亲也跟随他来到广州打工。快乐的大学时光转瞬即逝，他个子也疯长，从一米六长到了一米七多，也变得成熟了。

四年后的夏天，凤凰花开。

机缘巧合下，毕业后的他拖着行囊经过和企业的双向选择，最后来到了中山，在这座之前从未听说过的南方小城市扎下了根。仰仗老乡的帮忙，进入了邮电局，当起了一名本分的公务员。

当公务员的生活稳定而安逸，收入还算可观，并且还是稳定的"铁饭碗"。由于他具有一定的化学和塑料制作方面的知识，上层领导把他调至邮电局下所属的一个工厂做厂长。好不容易遇到一个与自己专业对口，还能施展自我的机会，他当然求之不得。于是在一个艳阳高照的下午，他正式迈入了这家制作通信管道的工厂。

那时的他当然不知道，这座厂，在他后来的30年生命里，一直存在于他的生活中，成为了他人生轨迹的重要组成部分。

刚开始，在厂里的时光很简单。由于那个工厂是邮电局下属工厂，厂里有源源不断的资金支持和稳定的合作伙伴。任炼金所需要做的，就是和局里采购部的同事打好关系，只要平常喝喝酒，打打麻将，大单就可手到擒来。那两年，他只需要每天过着朝九晚五的上班族生活，便迅速迈入了小康行列，买了车，结了婚，最后在中山最好的小区买了套学位房，一切水到渠成。

这之后的生意并非没有波澜，他也曾因为错信他人，被卷款上百万，彼时酒桌上称兄道弟的朋友在付款时却是一拖再拖，最后干脆玩起了消失。他愤怒，但也无可奈何，只得以工厂管理人的身份，向当事的朋友提起了诉讼。

改制

2004年算是任炼金人生路上的一个重要转折点。在1998年改革之后，邮电局先是一分为四，分成了中国电信、中国移动、中国联通和中国邮政，紧接着在2004年，电信又划分成为了中国电信和中国电信实业，而中国电信实业在分家之后又紧锣密鼓地筹备上市。上市的要求之一就是产业旗下与核心业务无关的企业都脱离出来，以便于进一步进行市场化，而任炼金所在的通信管道制作企业无疑不在电信的核心企业行列中。

此时的任炼金面对着两条路，一是回到原来的公司，做回办公室里本分的工作人员。日子会过得很轻松，朝九晚五，有保障有福利，运气好还可以获得晋升，成为国企的领导层。二则是选择承包下自己所在的工厂，成为独立经营的实体的法定代表人。这样能够获得自由，但同时也代表着会失去国有资本的支持，他作为的领头羊，带领整个厂子在逐步市场化的行业中在夹缝里生存。

那年，他还是个血气方刚的年轻人，自然是想自己承包厂子，在自己擅长的领域上努力拼一拼，但面前的困难也很明显——没有钱。工厂的租金加上机器换置，人工费用，运营资金，一番计算下来，任炼金发现，想要承包下厂房至少需要 100 多万元。在市里最好的百平方米公寓只需要 30 多万的 2004 年，100 来万元实在不是什么小数字。但若让他回公司里当一名办公室职员，总还是有点不甘心。终于，在与家人商量后，任炼金还是决定借钱承包工厂，“下海”经商。

“力烽管业有限公司”就此诞生。

脱离邮电局后，任炼金才真正地体会到了经商之难。因为资金实在有限，即使有接大批量订单的机会，力烽也由于周转资金不够而被迫放弃。而原来的邮电局的订单，也因为这个原因在逐渐脱离力烽，转向其他更有经济实力，规模更大的同类型工厂。任炼金内心有些焦虑：他不希望工厂在自己手上日渐衰弱。就在他头疼之时，来了一个大单，要求他们做 300 万元的产品。那名合作商是任炼金以前在邮电局的老客户，此次主动找上他，说以前在他们这儿做的管子质量很好，值得回购。任炼金估量着，那是一个上市公司的下属企业，预备资金方面应该不成问题。而且在转制前也有与工厂合作，应该是值得信赖的，便决定放手一搏，接下这个单子。条约签的很爽快，条文中要求发货后一个星期打70%货款，发完货之后补齐欠款，对方也一口答应。任炼金总算是松了一口气——似乎这个厂子总算找到了条出路。

可屋漏偏逢连夜雨，在发货后一个星期，本应回收后作为流动资金的200多万元却迟迟没有到账。任炼金多次联系对方都没有得到回复，无奈之下，工厂只得先停止供货，直到月末，百万货款只货款勉强收回了20万元。在未来的一年里，任炼金都深陷在这一单生意中，他不断地联系对方，进行索赔，而力烽由于资金链出现的大缺口也几近停工。最终在年末的时候，他这一单生意的货款才堪堪收回。

这笔生意的失败对于厂子的打击是巨大的，资金空缺，货物堆积，上百万的欠款让工厂几近停摆。自此以后，任炼金便为自己定下一条经商的铁规：不让一单生意的总额超过总收入的30%以上，不在一棵树上吊死。

方向转变

转制带来的影响是巨大的。对于成本一元，产品只能卖一块三的普通塑料管而言，生产的量决定了收入规模。但没有雄厚的资本积累，根本无法负担大量生产所需要的人工、原料和设备费用。这使得工厂在转制后的几年内逐步陷入困顿，收入也愈发不乐观。市场化给整个行业带来了机遇，但是力烽却似乎在时代机器飞速运转的过程中成了一个卡壳的小齿轮，不尴不尬，进退两难。

一次偶然的机会，任炼金去参观了一名同样是生产塑料制品的朋友的企业。这名朋友曾经也因无法适应市场化而一度窘困，但最近却似乎一下子恢复了生机，所以任炼金想去向这位朋友取一点经。在朋友的车间中，任炼金发现，朋友的工厂正在生产的居然是淋浴间的封边条。这个东西和朋友之前做的东西比，似乎有点过于小巧了，但朋友向他介绍，这个东西虽然看起来很小，但在他们的企业研制出来之前，只有日本的企业能够做好这个小东西。而这个小东西也直接让他企业的利润上翻了三四倍。‘这就是附加值高的好处。”朋友有些得意地向他炫耀道。

回到家里，任炼金对着家里摆放的塑料管样品，陷入了思考。一个普普通通的封边条，可以给一个企业带来重生，那这些其貌不扬的塑料管，又能给他的企业带来怎样的转机呢?

于是，他开始刻意留意相关的机会，踏出了自己一直以来所处的舒适的人脉圈，开始不断接触更多的市场化强、产品附加值高的企业。同时，为了让自己的企业能够有能力应付挑战，任炼金也对企业内部的人力资源进行了一次彻底的重组，为了弥补专业知识上可能出现的空缺，他以高薪聘请了几个技术人才协助自己进行产品研发。

终于，任炼金接到了第一笔高附加值的单。这是个教学白板的塑料配件。这笔单中，一元钱成本制作的产品，最终可以卖到三至四元。利润在普通产品的基础上翻了五六倍，这使他备受鼓舞，并开始着手自己企业路线的再规划。在确定了多制作附加值高的产品的了路线之后，力烽总算在任炼金的带领下逐渐摆脱了从前国有企业留下的积弊，逐渐由亏转盈，欣欣向荣。

互联网时代

同样是在2004年的某一天，任炼金的办公室接到了一个电话。电话里的人自称来自一个叫作“阿里巴巴”的网络企业，希望能够说服他在网络平台上拓展业务。当时电脑还没有普及，手机互联网更是普通人闻所未闻。这种推销电话任炼金一天可能会接到几十个，但不知为何，他从这名推销员的描述中，感受到了一丝未知的可能性。网络业务对于一直以来经营实体企业，靠人脉和口碑接揽生意的他来说，完全是一个未知的领域。但想着反正一年也只需要几千块的费用，任炼金决定试一试鲜。

于是，他在一个叫作“诚信通”的电子商务体系里进行了注册，力烽管业有限公司也从此正式入驻了阿里巴巴的业务平台。他也没想到，这个当初自己以试鲜态度接触的小平台，在十几年后成长成为了互联网的一方巨擘。

当时正值力烽业务范围扩展的转型期，力烽在电子平台的推广刚好有效地对力烽的业务能力进行了进一步宣传。在网络上，大家能够一眼就看到你可以做什么，你做出来的效果怎么样，即使对方地处祖国地图的另一端，也有可能会被你的产品质量所吸引，从而决定与你合作。不出几年，随着互联网以不可思议的速度发展，力烽超过 90% 的订单都来自网络平台，阿里巴巴已经成为了力烽的运营中无法取代的重要环节。

时至如今，力烽每年投入网络宣传的资金，已经达到了当年的数百倍而且仍然有继续增长的趋势。任炼金也说，他对力烽未来发展规划中的重点之一，就是着重打造好网络宣传，继续提高业务水平，拓展业务范围。

后记

从 1990 年毕业到现在，任炼金接触塑料管业已经将近 30 年了。但其实如今，力烽也只是一个中等规模的企业，仍然在行业的浪潮中挣扎前行。在这些年里，很多企业明明是后来的“小辈”，却都凭借着自己的优势甩开了力烽，成为了“成功企业”的代表。像当时力烽的“后辈”联塑，如今已经成为上市公司，成为了中国塑料管道企业的巨头之一。而当年转制时期选择留在体制内的任炼金的同事，很多如今也晋升成为了地方国有企业的老总。

我问他：“如果当时你留在了体制内，那现在你会赚得更多还是更少？”

“肯定更多啊，哈哈。”他拿起手边的茶杯，露出了不以为意地笑容，仿佛这并不是他曾经错过的一次人生选择。

“那你后悔吗？”

“不后悔。”

“那如果知道了后面的发展，你当初还会这样选择吗？”

“会。”他简单利落地回答，然后抿了一口茶。

……

在采访中，任炼金反复强调经商时，“诚”和“恒”的重要性。他自认为20多年来，自己做生意从来都是从诚信出发，绝对没有为了个人利益而做任何隐瞒欺骗顾客的行为。而自己三十年如一日地从事这一行业，就是对“恒”的实践所在。三十年里，他不曾放弃，不曾厌烦，每一个选择无愧于自己，所以他也不曾后悔。

任炼金的从商经历，虽看似平常，实际上是无数中小企业家的写照。他们为了自己的一片小天地，在商海中博弈，在起落中拼搏。他们或许失败，但前赴后继，从未放弃。时代不曾薄待于他们，他们也未曾愧对于自己。

快结束的时候，任炼金无意间提起了他最近的一些经历。

“前几天我去家族聚会的时候，有的亲戚不是做了上市公司老总嘛，比较有钱，比较成功。他就在聚会上在打趣我，说，‘这么多年了，你还在做你那个管子啊。’”

“那你怎么说的？”

“还能怎么说啊！”他笑了笑，“我说，对啊，做了这么多年也还没做出个样子，所以要一直做下去才行。”

（文/任烜瑶）

百年愚园

“当年日本鬼子打到广州来的时候，首先就是找到我祖父，因为我祖父懂日语嘛，他们就想让我祖父当日本人的翻译，还说可以用飞机把我们一家人运到东京去过好生活。我祖父当然是拒绝的，他说，‘做汉奸有什么好啊！子孙不昌啊！’我祖父总是跟我说，‘一个人一生都要有正气，要有良心，不能害人！’”耄耋之年的凌锡弧老人，说起祖父凌鸿年的生平事迹时，脸上是掩盖不住的骄傲与怀念，因年老而浑浊的双眸也闪耀着光芒。

凌锡弧老人今年八十岁，看上去精神抖擞，说起话中气十足，如今和老伴住在祖父凌鸿年的故居——愚园之中安度晚年，陪伴他们的还有侄子一家和三条看门的忠犬。凌锡弧的祖父凌鸿年是清末民初的革命志士，一生爱国，战功显赫，而愚园是凌鸿年的故居，亦是其终老仙逝之所。然而，愚园这一百年老宅，在原主人的福荫之下，也未能逃过破落的命运。

“这是我的祖屋来的，我对它很有感情”

愚园位于广东省广州市黄埔区长洲街深井社区岐西坊大街 2 号，据凌锡弧老人介绍，愚园本是清末富贾的荔枝园，原称“桂园”，为坐北向南三间两进的庭园式家居，总面积有八百多平方米，凌鸿年于 1918 年购买后改称“愚园”。现今，愚园是黄浦区的文物保护单位。

如今的愚园，早已褪去原有的富丽堂皇，虽仍有典雅之气，但更多的是令人心酸的衰败。愚园的主屋神厅，历经百年风雨后苟延残喘，开门时古朴的木门发出沉重的叹息，华美的落地屏风早已不见踪影，雕花横梁透出腐朽的气息，原来精致的木窗近半毁坏，阴暗的屋内弥漫着老房子特有的砖瓦味。神厅的墙上挂着凌鸿年和其他祖先的照片，杂物零零散散地被堆放在屋内，仍是井然有序，凌锡弧一家平日都会打扫，尽心尽力保持着主屋的整洁，但依然抵挡不了岁月对老屋的侵蚀。主屋外的庭院因年代久远且未经修葺而显得老旧，雕花青石小径早已布满青苔，六角石灰金鱼池如今长满杂草，原来高大的庭院青砖围墙因风雨侵蚀倒塌近半，低矮残破，当年的气势荡然无存，为此老人还特意养了几条狗以解决围墙低矮带来的治安隐患。庭院围墙上精致的金钱瓦装饰倒是得以幸存，破落的庭院只能依靠老人精心打理的花草重现生机。十多年前愚园里的两间旧木楼因年代久远而倒塌，凌锡弧老人一家就在原地建起了两层高的水泥砖房，以满足居住需要。如今凌锡弧居住的水泥砖房中，大厅仍悬挂着当年留下来的西洋吊灯，屋内摆放着艰难保存下来的唯一一套酸枝云石家具，凌鸿年的铜像被供奉在客厅正中。平日无事，凌锡弧老人便和行动不便的老伴在客厅中看电视读报纸，或是在庭院漫步，打理花草。

面对老屋的破落，凌锡弧老人感到十分心痛，却也无能为力。

“政府的政策是‘修旧如旧’，修回以前的面貌，不能改变原来的面貌。像我这里的门官厅，有的杉（意为木头）已经断裂了，想拆了它就要求买回旧杉，弄回砖瓦，弄回灰雕和其他东西。”凌锡弧老人无奈地摇了摇头，“像房子的玻璃、屏风、雕花，买回以前的材料很贵的，还要请懂那个工艺的老师傅来修。十几年前我就算过了，把房子按原来的样子修复，起码都要一百几十万，现在人工又贵了，材料又贵了，我也没办法估算要多少钱了。”

凌锡弧和老伴都是村中的低保户，每月领取一千块的社保，凌锡弧笑称，“社保也是刚刚够用，还不能生病。”而凌锡弧的侄子在私人企业打工，早出晚归，工资微薄。对于凌锡弧一家来说，全面维修偌大老宅的费用根本负担不起，只能“头痛医头，脚痛医脚”，对老宅进行简单的修补，以满足日常居住的需要。“资金又不够，只能哪里烂就补哪里，里面有什么问题就不知道了，揭开天花板有什么问题谁知道啊！房子都上百年了，有什么问题也很难说。”

凌锡弧介绍道，早在二十多年前，政府已经派人来对愚园进行过测量勘察，确定为文物保护单位。市里政府领导也曾来到愚园慰问两位老人。而在广州市准备亚运会期间，政府曾派人来帮愚园修葺外墙，计划在愚园外墙铺上仿古的瓷砖，凌锡弧老人出于治安等原因拒绝了。这种仿古瓷砖则在深井村安来市的众多老屋上铺上了。后来亦有相关的学者教授前来愚园测量评估，但愚园的修葺依然毫无进展。

凌锡弧老人对愚园的境遇感到十分痛心，但亦十分无奈，“这是我的祖屋来的，我对它很有感情，现在解放了都七十年了，如果没有感情啊，早就卖了，可我一个砖都不卖。经济条件困难也好，其他困难再多也好，我都不卖，把它保存完好，留给子孙后代。好多人，遇到经济困难肯定都把房拆了。不过它倒塌又是一回事，我也无力维修了。”凌锡弧说到愚园的现状时，总是无奈地苦笑两声。

“这是文物！”

与愚园命运相似的，还有深井村中的其他古民居。

在深井古建筑群中，最具特色的三座古民居——位于深井社区岐西坊大街14号和一巷1号、3号的三座古民居早已毁损严重。早在2008年出版的《广州市文物普查汇编》中就有记载，14号古民居“房子破损较严重，天井右廊第二层天台已塌，左廊第二层天台栏杆及第二进屋顶正脊也下榻”，“1号民居和3号民居损坏严重，屋顶漏水，桁桷多数霉烂。1号民居左路天台和右路楼梯已倒塌，门窗、花格、栏杆多处损坏。3号民居主体建筑门廊崩塌，后墙树根已深入室内。两民居现均荒废空置。”如今再到现场，三座古民居的现状使人目不忍视，墙体剥落，砖块毁损，民居空置，杂草丛生，荒废破旧之景更甚。

深井村中的其他古民居，很多都处于闲置状态，民居所有者或移居国外，或家在港澳等，无法顾及老屋。在愚园旁边便有一座古民居，平日大门紧闭，在外面可以望见古屋的精致雕窗早已破落不堪，透过破烂的窗户，隐约可窥见屋内的阴暗衰败。据凌锡弧所说，这座老屋的主人已离开数十年，现居澳门，家财万贯，但很少回深井村，十多年来只回来过几次，连祖先的骨灰也早已移往澳门，老屋主人表示无精力理会老屋，一直放任不管。而在深井村，像这样的古民居很多，因无人打理，长年处于荒废状态，岁月的侵蚀更加明显，很多老屋原来精致的雕花逐渐风化剥落，斑斓的满洲窗亦难辨原貌，一部分古屋还成了“危房”。

深井村的安来市片区，位于深井村的西北角，建于清末民初，是黄埔区的区级文物保护单位。据村中一位年老的村民介绍，安来市曾是深井村最大的市集，各种商铺集聚于此，还经常举办各种民俗活动，当年的繁荣景象令人流连忘返。然而，现今的安来市，早已看不出当年的繁荣富庶，其衰落之景让很多老人连声感叹。在广州市迎亚运期间，政府曾对安来市进行过旧址环境综合整治，主要是进行建筑立面整饰，在安来市古民居的墙体外贴上仿古的瓷片。如今走在安来市的道路之中，一眼望去大多是整齐划一的仿古瓷片铺砌的外墙，道路平整，气象焕然一新，但细眼观看，崭新的外墙下，老屋的内在依然破旧，并且有居民在其中生活。与这些崭新的仿古瓷砖铺砌的外墙显得格格不入的，是安来市街道旁的几间“危房”。这些危房上贴有明显的“危险房屋”三角警示牌，有的危房外围用铁网围起来，有的则没有任何保护防范措施，危房内杂草丛生。

对于安来市的老建筑，不少居民表示，“这是文物！”

“政府人力物力有限啊！”

广州市黄埔区文广新局文化遗产科的孔科长则告诉作者：安来市的大多数老旧建筑并不是文物。“刚开始在确立安来市旧址为市登记文物保护单位时，是没有确立本体的，只是确立了一个片区，是没有公布本体的。那些倒塌的古建筑，不能说是文物。大家在对‘文物’的认识上存在误区，认为深井古建筑群中的老旧建筑都属于文物。经过我们去年的普查，确定了安来直街 12 号这一处是本体，只有那里是文物。安来市的危房大多数是属于公房，产权问题复杂，但无论如何，这些危房都由它们的所有人和使用者负责修缮保养。在深井古建筑中，确立了是本体的有 11 座，这 11 座就是文物，包括了愚园。”

孔科长还表示，2013年时广州市设立了一个6000万元的全市范围内的专项保护资金，主要是保护市级文物保护单位，对于区级文物保护单位保护力度和资金比例较低。去年开始，黄埔区也有了区的文物专项保护资金。但是对于文物修缮，必须有修缮设计方案，先有方案，然后需要文广新局批准，才能确定文物怎么修、工作量多大、需要多少钱。然而现今市民对于这个程序不熟悉，认为做修缮设计方案太麻烦，因为做修缮方案，需要找有资质的文物公司和文物设计勘察公司来做。而修缮设计方案，政府逐步在提供帮助，但是不可能一下子顾及全部文物保护单位，文物修复的工艺和材料所需的费用较高，而政府资金有限。政府的扶持帮助有三项标准，首先看文物价值，优先选择文物价值高的；第二是看文物的损坏程度，优先保护文物损坏程度严重的；第三要看业主意愿，因为文物所有者申请政府的修缮资金，政府并不是全额补贴，政府的资金不可能足够保护所有房屋，业主要掏一部分钱，政府付30%，业主出70%。

根据《中华人民共和国文物保护法》第二十六条，使用不可移动文物，必须遵守不改变文物原状的原则，负责保护建筑物及其附属文物的安全，不得损毁、改建、添建或者拆除不可移动文物。据此，孔科长表示，凌锡弧老人口中“修旧如旧”的说法是一种误解，是不科学的，应该叫“按原貌、原状修复”。而按原貌修复亦要先通过修缮设计方案，但愚园现主人因为住房不足曾对愚园进行改建，已经降低了愚园的文物价值。政府曾派人到愚园进行测量，认为修缮需求不太迫切，加上当时政府资金不足，所以对愚园的修缮计划一再搁置。

据了解，政府这两年正在进行一项工作，在文物的保育、监督方面有一个机制，即通过设立工作站，在各个社区特别是有文物点的社区，招募兼职人员，一个月巡查四次社区内的文物保护单位，一是看是否有自然损毁，第二是阻止人为破坏，第三是给产权业主提供咨询服务。但是工作才刚推行一两年，工作还需要时间慢慢理顺，需要一个缓冲的过程。

孔科长也无奈地表示，“政府人力物力有限啊！只能分轻重缓急，先保护文物价值高的。至于深井村的话，我们也留意到了近年来随着城市化的发展，深井村的居民出于生活需要会拆除一些旧建筑，我们也在思考解决这个问题，也会委托一些专家对深井村进行评估。我们现在还在做方案。”

而广州市文物保护专家委员会委员、华南理工大学建筑学院副教授彭长歆表示，历史建筑保护的确面临资金缺乏、不能满足现代功能需要等困难。

如今，凌锡弧老人每天依然在愚园中过着打理花草、读书看报的生活，每逢有人慕名拜访愚园，老人都会热情地打开门，向游人讲述愚园的事迹和祖父凌鸿年的生平。愚园未来的命运不得而知，但凌锡弧老人希望，愚园和祖父的故事能够传下去，而不是被后代遗忘，对于他来说，这是一种“对于文化的良心”。

（文 / 叶芷晴）

服装商人的20年沉浮

下雨，是一件令人恼火的事。

易锦和刘现，一身湿漉漉地回到了家中。

夫妻两人分开摆两个摊位，但只靠丈夫一人用一辆7座面包车载货。有时候两个摊位相隔很远，而这，直接导致了今天的落魄。这天早上出发的时候，地面上是干燥的，天空也还晴朗，刘现把妻子载到她的摊位后，就奔赴另一个摊位。这天，两个摊位的距离相当于半小时的车程。

到了下午，雨下下停停，妻子急忙把摊位收好，堆在一处，在伞下、胶纸下躲避着。当丈夫收好摊位赶来到摊位的时候，雨依然下着。在雨中，他们匆忙收拾着。最后货物湿了一小部分、人也湿透了。最让他们苦恼的是，最近这样的天气导致他们的收入情况更差了。

市场的逻辑

1990年，刘现23岁。村里一位老朋友，在他姐夫的帮助之下开始在广东广州市沙湾镇摆摊销售衣服。听说生意还不错之后，刘现也来到了广州沙湾，和老朋友一起住在租来的小房子里。老朋友带着他去摆了几天档，教他去哪里进货。凭着一辆自行车，他便开始了摆摊卖衣服，主要销售是成年男性的衣服。

摆摊，对当时的刘现来说是艰难的。那时，刘现是个害羞和木讷的年轻人，而这恰恰是当摊主的“致命弱点”。一开始，刘现不怎么懂得如何向顾客销售衣服，有时一天只能卖出个一两件，有时甚至没有生意。刘现暗自下决心，不能再这样下去。于是，刘现在摆摊过程中暗中向别人学习，锻炼自己的推销能力。后来，生意也就慢慢好转了。

1992年，易锦在她一位远方妹妹的介绍下，和刘现相识。当时她正在花都打工。刘现有空便去花都找她。两年之后，她和刘现结婚了，并来到沙湾和丈夫一起打拼，一起为建造家乡的房子而赚钱。他们搬到了一栋带有一个天井的两层出租屋，和老朋友夫妻俩以及另外一家人住在一起。

为了能够多赚些钱，他们决定分开摆两档。一辆老式自行车，也是易锦的运货工具，筹备好摆摊工具，拿货，易锦也开始了摆摊生涯。

当时每天只能净赚个二三十块，少的时候只有十块左右，所幸，当时摊位租金不贵，三五毛到一块左右。除去租金以及每天的开销，还能存上一点钱。存上一段时间后，大概过了差不多一年，丈夫终于换上了一辆摩托车，可以去到更远的地方去摆摊。每天赚的钱也能增加个一二十。

起先，摊位的租赁费用还比较便宜，而商场的租赁费用则高得多，商场销售衣服的成本比在摊位销售的衣服的成本高得多。因此，同样的服装，在摊位购买价格更便宜。并且，在摊位购物，可以享受与商人讨价还价的乐趣。在这种情况下，与商场相比，人们往往更喜欢于在摊位购买衣服。此时，在市场摆地摊的他们在服装行业反而是占据优势的，收入逐年有所增加。

2004 年 4 月 1 日，为了能够装更多的货物以及去更大的市场摆摊，他们买了一辆七座的面包车，把车子后面的椅子全部拆下来，腾出空间装载货物。

当年他们的生意也开始变好了。在买了车的第一年，他们的净盈利增长了不少。日子一天一天好起来了，也有了更多的积蓄。

到 2004 年，他们在这里也已经打拼了 10 年了，相比于租房子，他们更想有自己的房子了。于是，除去孩子的读书钱以及其他一些必要的开销外，当时只有六七万可用积蓄的他们，做出了一个重要的决定——买房！

当时房子价格并不是很贵，但是于他们而言，已经是一笔很大的消费了。经过谨慎抉择，他们最后买了房靠近大街的一套两房一厅的二手房。日子是苦了点，但也总算有车有房了。舒心的日子也过上了几年。

但谁也敌不过市场的运作逻辑，小商人更是如此。

男性成衣的市场本质上是一个完全竞争市场。只要有超额利润，就会有更多的竞争者加入这个行业，最后使得每个人都没有超额利润，也就是利润降低。在他们摆摊销售衣服的过程中，也确实是这样。市场上摆摊销售男性成衣的商人越来越多。市场被瓜分，他们每年的利润开始有所下降。

竞争者越多，意味着原有的摊位将供不应求。

另外，2008 年左右，房价开始飞涨。土地拥有者宁愿把更多的土地用于商品房的建设，而不愿意作为摊位。这加剧了摊位供不应求的状况。摊位租金开始水涨船高，并且开始以投标的方式来获取，价高者得。这使得销售衣服的成本迅速增加。

一方面利润减少，另一方面成本增加，最终使得净利润开始下滑。

但对他们产生影响的远不止这些可见的竞争对手。电商的悄然兴起让他们更加无所适从。

20 世纪 90 年代开始，我国电商开始起步。随着网络的日益普及，我国网民数量迅速增长，电子商务也迅速发展。

2004 年支付宝推出，2005 年淘宝网宣布个人免费开店，个人免费开店就意味着无门槛，无资金要求。一时间，淘宝上出现了千万家服装店铺。不需要租金，没有积库存的风险，不需要店铺员工，一个人就可以运营整个网络店铺。开始很多人不信赖网购，担心网购商品的质量，但后来人们越来越感受到网购的便利，便更多地依赖网购来购买商品，网络店铺开始迅速冲击实体店铺，服装行业也不例外。

对他们俩产生更大影响，是从2015年开始的。截至2015年6月，我国网民规模已经达6.68亿，互联网普及率为48.8%。他们当年的年净收入明显下降，似乎回到了十年前。到了2016年，年净收入继续下降。2016年6月，我国网民规模增加到7.10亿，互联网普及率达到了51.7%。他们店铺受到的影响也随之增大。

2017年春节后，大约是大年初九开始到现在，除去租金之外，他们只能赚取微薄的收入，亏损也是常有的事，尤其是下雨的时候。

他们每天依旧如常早起去摆摊，但提不起精神来。

刘现说，这样的状况实在是无可奈何。除去电商的冲击之外，对他们造成直接影响的是当地经济的衰退。创业园区陆续搬走，大量的人离开这个地方。销售男性成衣的他们，在这种情况之下，流失了大量的客户，生意因此一落千丈。

互联网经济大环境之下，受到冲击的也不只是他们，很多服装商人也都感受到了市场的衰退。

代价

他们依旧每天努力打拼，但作为小商人的他们似乎不曾在市场上留下些许痕迹，唯一身的病痛依然提醒着他们这辛苦的一路。

刘现今年50岁，易锦今年48岁了，他们有两个孩子，一个儿子和一个女儿。他们从20世纪90年代开始，就来到这里到处走墟摆摊卖衣服，至今已经20多年了。一年一年过去，走的墟变了很多次，每一墟的位置也变了很多遍，孩子也都已经上了大学。

最近一两年，妻子不时提起自己腰痛，但她从来不愿意去看医生。她一直推说，没事的，疼的时候躺一下就可以了。丈夫和孩子也拿她没有办法，只能定期给她买些膏药贴一下，希望能够缓解一下疼痛。

最近，妻子疼得更加频繁了。

近日，恰巧丈夫刘现觉得腰有点痛，又恰逢没有墟，刘现就抽时间去医院检查一下，顺带也让妻子易锦一起去检查一下。结果发现，丈夫是因为腰肌劳损而导致的腰痛，而妻子是因为风湿导致的腰痛，大抵都是多年的劳累导致的。

每每易锦说腰疼的时候，孩子都非常心疼，但孩子又都经常不在他们身边。从小到大，孩子和他们，一直都是聚少离多。

1998 年，两个孩子都已经断奶了。丈夫母亲向她们两口子提出，家里的田地以及家背后的山，仅靠丈夫父亲一个人打理，会忙不过来，想回家帮忙一起打理。她可以把孙子孙女带回家乡和丈夫父亲一起照顾。刘现体谅母亲，也知道母亲说得在理，虽然不舍，但为了不让母亲难为情，也没有表现出来，接受了他母亲的建议。易锦却坚决不愿。

丈夫刘现理解易锦的不舍，但是这是当时能做的最好的选择。他开始劝说易锦，如果他们坚决把孩子带在身边，自己抚养，他们就很难继续摆摊。等孩子再长大些，要花的钱就更多了，他们要努力去赚更多的钱。“让母亲把孩子带回家乡抚养吧。”他对她说。“我不要，你一点都不理解我。”她与丈夫争吵起来。

孩子最后还是被送回了家乡。

当时交通并不方便，从沙湾到家乡，只能依靠坐“红星”船，每天只有一班船，需要坐上10多个小时。她和丈夫每年只能回去一两次，见见他们最爱的孩子。路途遥远，家里农活又繁杂，婆婆也只是偶尔会把孩子送到他们身边过上几天。又过了3年左右，马路开始通达，沙湾和家乡之间通了长途大巴。2000年，大儿子差不多6岁了，也要上学前班了。

当时，她和丈夫也想过把孩子接来沙湾念书。不巧的是，前两年，沙湾这边小学的赞助费已经从一两百块，涨到1800元，他们每月加起来2000元左右的收入根本无法承担赞助费，只能放弃了这个想法，让孩子留在家乡读书。

每当空闲下来，易锦就会想起孩子，时常拿起孩子仅有的几张照片翻来覆去地看。丈夫也知道妻子的这份心思。于是，大儿子上学前班的那个寒假，刘现便让他父亲把两个孩子带到他们身边。从此以后，孩子每年寒暑假都被送来和他们一起生活。

但是，这样的时间毕竟是短暂的。没能陪伴孩子成长，没能在孩子犯错误时引导孩子，没能在孩子伤心时鼓励孩子，没能在孩子开心时分享喜悦，总使他们愧疚不已。逝者已矣。时光无法倒退，那段时间的缺位已经无法弥补。无法给予他们适时的关爱，成了他们一生的伤疤。

女儿刚上初中的时候，学校要求“留守儿童”填个人信息，她并没有意识到，她的孩子就是他人定义的“留守儿童”。当班主任来让她填写信息，她先是一愣，然后她问了一下班主任，什么是留守儿童？老师对她说，“像你这样，父母出外打工的孩子，就算是‘留守儿童’。”她才知道，原来自己就是“留守儿童”。但“留守儿童”意味着什么，她当时并不知道，也并没有觉得自己有什么不同。

但，当有些的同学得知她是留守儿童时，却对她“刮目相看”，对她似乎带有一些同情时，她开始意识到自己和别人有些不同。但不同在哪儿呢？

和同学慢慢相熟，她从和一些同学相处中了解到这其中的区别在哪里。有一天，她的一位朋友 —— 一个来自县城的同学，关切地问她是否会想爸爸妈妈？没有爸妈照顾，她以前会不会觉得孤单？

她也想过这些问题，她想爸妈，可这不是人之常情吗？但她也并不会觉得孤单。她有爷爷、奶奶、哥哥，也可以经常和村里的小孩玩耍，她并不觉得自己有什么不同啊，而且村子里也有一些孩子的情况和她一样，父母出外打工，过节或者寒暑假才能见到父母。

“怎么在他们眼里，自己的家庭好像不正常了呢？”她心想。

这时，她才开始慢慢关注这个问题。

和班上一些人聊天时，他们时常会提到他们和父母之间发生的事，她忽然才意识自己，和他们做同样的一些事情时，她的父母是缺位的。

在初一那年的暑假，她忽然问妈妈一个问题：“妈妈，老师说我是留守儿童，你为什么不把我带在你身边啊？”

这句话刺痛了易锦，愈合的伤疤又被掀开了。

她不知道怎么向孩子解释，而她也没想到为什么孩子会突然问起这个问题。愧疚又再涌上她的心头。

“留守儿童”这一词，成了他们当时的一个结。

他们老了，转型也困难了。但令他们欣慰的是，儿子和女儿现在都来了广州读书，和他们见面的次数比以前多了。

（文中人名均为化名）

（文 / 朱思敏）

苏一刀与“露天吧”

在广东广州小洲村登瀛古码头附近，有一栋四层小楼，青灰色的外墙在一众楼房里和拥挤的街道中显得很不起眼，只能容一人通过的小门上贴着《苏一刀诗选》的节选和“无门之门”四个字，白纸黑字，透明的大窗贴着一刀中文网的简介，磨损的彩色打印的字迹和图片看起来有些岁月了。从门外望进去，格调与外表全然不同，那是一间书屋，正中央摆着一张大桌，三四十本留言本分叠垒在桌面上，纸张泛黄，留言时间历时十年，字迹各异。一人高的书架贴墙围绕着屋子，架子上摆满齐齐整整的书，墙壁高处挂着竹帘，挂着的陈旧的牌子上写着“网友接待中心”，另附有一张纸条说明牌子上的 24 小时电话已经取消使用。往二楼的楼梯墙壁上挂着写有“一刀艺苑”的圆形灯，泛出橘黄色的光。转至三楼，一侧是一排房间，另一侧的客厅摆着古琴、书桌。楼顶搭有一个茅草棚，设有煮水台，摆放着茶盏杯具，桌面上与书屋一样摆着几册留言本。栏杆外侧的泥土中还露出几节新生的竹子，透出古朴的隔世气息。

这里是露天吧，主人叫苏小凯，笔名苏一刀，是中国作家协会、广东省作家协会的会员之一，在露天吧的微信群里，他自称“店小二”。初次遇见苏一刀，他提一袋透明塑料袋装的花生走上顶楼，头发理得很短，把花生倒入桌子边的一个玻璃罐子里，不和任何人打招呼，也不表明身份，被问及是否是这里的主人时，他略有诧异，迟疑了一下，却是用很铿锵的口气答道：“对！”熟悉这里的人都知道，这是个24小时开放、任何人可随来随去的共享式空间，但却很少人见过主人苏一刀；知道苏一刀的存在的人也只知道他是露天吧的所有者，是有名气的作家，却不知道他还曾是位军人。

少年执笔从戎

苏一刀其实没有读完高中，他笑道：“只不过是从校长那里‘骗’到了毕业证。”当年，他18岁，在当时粤西最好的中学读高中二年级。但是他“偏科偏得很厉害”，学校放出了应征入伍的通知，他想到自己上大学也没有什么希望，不如就去当兵吧。在他的内心一直有一个军人的梦。高中一年级，他也偷偷报了名，但是没能通过，那时他还不知道要找哪些人做好哪些准备工作，经过一次失败，他开始留意起这些事务。第二年，他又瞒着父亲报了名，这一回，“把校长都‘忽悠’好了”，校长转而支持他，答应给他毕业证，把一切都安排妥当了，直到武装部到家中进行家访，父亲才知道儿子的“胆大包天”，一怒之下，扬言要和他断绝父子关系。苏一刀明白，这是父亲对母亲的一种承诺，母亲去世得早，走的时候交代丈夫，无论如何一定要供儿子念大学，要培养成材。父亲发完怒，冷静下来又劝他，“还是要考大学，一年考不到就考两年嘛。”倔强的他最终没有在父亲的愤怒和苦劝中败下阵，还是离开了家。

1991 年 12 月底，广州南港迎来了一批新兵，其中就有茂名来的苏一刀，加入新兵连的第四天，他在部队里度过了 1992 年的元旦。当了多年宣传科科长、从广东省海警边防部队转业至公务员系统的他，回忆起当初在部队的日子，也很感慨，“我是从战事报道员、新闻干事、双兼科长、政治处副处、纪委副书记这样干出来的”。由于对文学的热爱、又有着不错的文笔，新兵营结束之后苏一刀成了一名战事报道员。初中开始就在茂名的报纸上发文章，让他对文字有着很大的信心，但是毕竟写文学作品与写报道是不一样的，他才发现写一篇报道“很难很难”，经过培训后才慢慢掌握怎么写报道。当了四年的战事报道员之后，苏一刀考取了边防部队的一个军校，实现了父亲对他的大学要求，也算是给父亲一个交代。读完书回到部队当了一年随员，领了五年的 22 元变成了 100 元，这是给他最直观的感受。之后被提为新闻干事，直到这时，父亲终于意识到，当兵也不错，还当成了作家，该读的大学也读了，还不用花家里一分钱。

2015 年，时值海警部队改革，苏一刀脱下了军装，从部队转入公务员系统。对于转业，他很豁然，“转业很正常的，脱军装，基本上就都要走到这一步的，只是迟和早，最多再多干几年，现在也差不多，年龄到了就先走了。”与新闻打交道十几二十年，转业时他拒绝再次从事宣传工作，对他而言，新闻是工作，是谋生的手段，不同于他坚持了三十多年的文学，那是热爱，对他而言，去体验不一样的人生更重要。

"他的苍老的手：开过枪，写过诗"

苏一刀对文学的热爱开始得很早，他也说不清是受了些什么影响，读初二的时候，他开始在茂名的报刊上发表文章，这种小成就带给他更大的鼓舞。即使在部队他也是和文字打交道，但是文学毕竟与新闻报道不同，迄今，他出版了《水淹死了鱼》《苏一刀诗选》《在沙漠的深处绿着》等文学作品。

2004 年，在论坛兴盛的时代，他创办了一刀中文网，它的定位是"立足广东，互联世界，竭诚打造本土网络文学精英门户"，网站聚集了作家、画家、记者、诗人及各路文艺界友人，他们在这里探讨文学、发表文章、交流观点。发展到顶峰的时候，一刀中文网的注册会员有 30 多万人，20 多个论坛，频道众多，品类齐全，包括了长短篇小说、诗歌、散文等栏目，也有以地域分出的西部散文学会等。据苏一刀所说，第一个藏族的文学论坛就开在他的网站。在那个人们天天都盯着论坛的时代，一刀中文网的影响力很大，2005 年入选了"中文非主流网站 100 强"，2008 年又入选国家新闻出版总署评选的"2008 中国文学网站 15 强"。苏一刀投入论坛的心血不少，网站以自由和兼容为基调，他亲自操刀主持主论坛"露天吧"，"露天吧"当时的口号是"自由的空间，自由的思想，自由的表达”，其他的20几个论坛以校园文学为主，各省市的版主都有，南来北往的文人都有。除此之外，他还将敲击键盘迸发出的思想的火花，定格在纸上，创办了《露天吧》和《一刀文学报》，这一刊一报不定期出版，将论坛、专栏、博客中的优秀作品选录出来，也时常报道诗人们举办的活动。

2006年，在论坛中发起的一场“墓志铭”同题诗征文中，苏一刀写下“他的苍老的手：开过枪，写过诗；他的年轻的心：恨过谁，爱过谁。坚硬的石碑呀，如何懂得他柔软的内心”，这是他为自己所写的“墓志铭”，开过枪的手，也写着诗，柔软的内心装着对文学的一腔热爱，他兼具军人与诗人的身份。

苏一刀人生中的另一件花了心血去做的极其重要的事情是创办“一刀艺苑”，也就是实体的“露天吧”，而“露天吧”的所有者也是他现在最广为人知的身份。

苏一刀最初的设想只是建立一个文学网的实体平台。一刀文学网发展到高峰，会员超过30万，经常举办文学交流会，苏一刀认为有必要建立一个据点，让南来北往的会员能有个落脚的地方，创办实体文化平台的想法在他的脑子里生了根。2008年1月的一天，他陪着朋友到小洲村寻一位画家买画，离开时路过登瀛古码头，当时的小洲村都还是老式的矮房，风景秀丽，透露出古朴气质，吸引了很多画家前去写生。转过登瀛码头，矗立着一座新建成的四层新式小楼，是当时整个小洲村最高的建筑物。苏一刀被这里的风景深深吸引了，当即决定在这栋楼里建立他们的沙龙。辗转联系到房主，苏一刀租下了房子，开始着手打造他心中的“一刀艺苑”。

装修的过程中，“一刀艺苑”吸引了不少游客一探究竟。苏一刀看到有那么多人喜欢，转而想“为什么只给我的会员用呢？可以开放给大家用嘛。”于是，“露天吧”还未建成，规划的形式就发生了变化。尽管如此，苏一刀没有完全改变最初的设想，“一刀艺苑”的主要功能依然是网站会员交流和聚会的地点，挂出的牌子是“24小时网友接待中心”。一楼是开放的图书室，摆放着会员们的作品，二楼在后期的建设中改造为了志愿者活动中心，三楼是创作空间，画室、音乐室一应俱全，四楼是外地网友休息的房间。他亲自主持这个实体“露天吧”的装修，在顶层建了一方鱼池，周围种上竹子，铺一席日本榻榻米，盘腿而坐就能望见小蛮腰，小洲村匍匐在脚下，一览无遗。“露天吧”最受欢迎的时候，每逢周末，上下楼的游客络绎不绝，摩肩接踵，在登瀛古码头都转不了身。

苏一刀曾在一本留言本上写下过“社会主义的一刀网，共产主义的露天吧”，后来被一位来访的记者写成了报道的标题，“露天吧”在外人眼中就成了“共产主义”的体验地。“露天吧”24小时大门敞开，不断水电，任何人都可以自来自去，自己动手烧水煮茶，若是要借用场地举办活动聚会，也只需要和负责的志愿者预订便可。

如今，一刀艺苑创办十年后，苏一刀回忆起当年的所作所为，坦诚道：“就是那个年龄段才做得出来，去建一个很乌托邦的东西，现在绝对做不出来。”

“在夹缝中求生存”

像其他论坛一样，一刀中文网、露天吧论坛都没有逃过衰落的命运。苏一刀的网站被查处过几次，一次是因为网站的长篇小说被列为黄色文学，一次是因为论坛言论过于激烈，有时是因为涉及敏感问题。为此，苏一刀没少写检讨，但是问题积累多了，最终检讨也不管用了，一刀中文网走向终点。如今的一刀中文网只剩下“一张皮”，频道、论坛、作品都清空了。

尽管实体的“露天吧”依然存活，那块写着“网友接待中心”的牌子也被作为纪念品保留下来，但随着一刀中文网宣告终结，“露天吧”也大势已去。

这三四年间，小洲村开始出现抢建之势，“一刀艺苑”前前后后都是拔地而起的高楼，小洲村最高建筑的地位已然不复存在。苏一刀拨开身后的一面窗帘，两栋楼的窗户相向，相隔不足半米。酒吧台后面是一整面的画墙，挂着不少佳作，可是苏一刀并不满意，不是因为画，而是因为这面画墙是不得已才建起来的。这面画墙原是一扇大窗，窗外是一间老屋的屋顶，长满了兰花，他最喜欢坐在窗边喝酒赏花，在这儿他可以从早坐到晚。在靠近茶桌的那面墙壁高处突兀地开着一个小窗，也是大窗被封之后为了采光的无奈之举。小洲村开始抢建之后，“露天吧”被“包抄”了，他把房顶的竹子全砍了，鱼池也撤掉，自己和两三好友动手，搭起一个茅草屋顶，置下茶桌杯具，架起秋千，他笑称自己是“在夹缝中求生存”。谈起小洲的变化，他连连叹气，抢建之后村子变得脏乱，游客渐少，对他和“露天吧”影响很大。集中抢建的那一年，他几乎不来小洲，这里俨然变成了大型工地。他对“露天吧”外的一切变化束手无策，能做的不过是调整室内的装潢，做好内部的建设，这里十年间装修过三次，两三个月前，斜对面又开始建楼了。

苏一刀不再出面组织、主持“露天吧”的活动。“露天吧”偶有活动，规模也很小，与2006年一刀中文网发起的首届“网络与文学”论坛的盛况根本无法比拟。苏一刀成了平台的提供者，“露天吧”更多地成了文人画家私人聚会的场所，偶尔有人兴致大发，挥毫而作，笔墨也都留在“露天吧”。2019年5月20日，从前的一批版主相约在“露天吧”再聚，原本约好在“露天吧”做私房菜，可惜应承了要来做饭的版主未能赴约，苏一刀只能为他们在别处定好住所。

因为活动的减少，对志愿者的需求量也减少了，从前“露天吧”的志愿者有十几个，他们分组轮流到“露天吧”整理、打扫和侍弄花草，举办活动时协助开展活动、引导人流。为了方便他们，苏一刀甚至将二楼改造成了志愿者活动室，除了休息的房间还配备了厨房、茶室等，志愿者们享有使用“露天吧”空间的优先权，和朋友在这里聚会也能免费喝酒。如今，苏一刀只留下了四名志愿者，他们要做的也只是给不熟悉的游客做些引导，教教他们煮水泡茶。楼层的卫生由老宋负责，老宋是在小洲开船的环卫工，从前常常来“露天吧”义务帮忙，苏一刀干脆在二楼挪出一套房给他住，请他负责主要的卫生工作。

苏一刀将“露天吧”的线上联系转向了微信，创建的微信群的名称也叫“露天吧”，线上“露天吧”里汇集了形形色色的人，商人、记者、诗人、画家、医生、军人、学生，他们在线上探讨文学作品、交流学术意见、分享在“露天吧”遇到的奇人逸事。平静温和的微信群也是经过苏一刀整改过的结果，他在群公告中写道“虚拟露天吧秉承实体露天吧‘海阔天空，来去自如’的原则，各位对群内言论不适或时间局限或无类聚感等原因，可随时自行退群，他日有意，随时重返，无任欢迎。”这是有他的用意的，他鼓励那些言论激烈的人自行退群。这个群曾经也是各个流派的人物都有，大家学术观点不一，经常出现相互攻击的情况。苏一刀那段时间时刻关注微信群的动态，一旦出现冲突的苗头，就马上私信调解，对于经常发表不当言论的人，苏一刀也会想办法劝他退群。他们最终劝走了一批活跃的意见发表者，微信群慢慢归于平和。

“有生之年还要办下去”

尽管一刀中文网不复存在，但“露天吧”的存在依然是苏一刀的慰藉，十年过去了，苏一刀仍没有改变自己最初的设想。曾经有在小洲开客栈的老板来找他商量，希望他在十几间房中腾出几间来经营，苏一刀拒绝了。他不愿意为了一年几万块钱的收入改变“露天吧”的性质，这是他苦心经营了十年的成果。更何况，“露天吧”经过十年的规划和打磨，硬件设施基本配套齐全，运转形式也很成熟，在资金运营上也不像最开始那样紧张，“露天吧在朝着好的方向发展”。在他心中，“露天吧”依然承载着他年轻时候对文学的一腔热爱，不同的是，“露天吧”不仅仅是一个文学交流的平台，而且日益成为“有意思的故事”的发生场所。苏一刀打算闲下来的时候，写一部关于小洲、关于“露天吧”的长篇小说，这十年来他收集了不少素材，他要把那个因为“露天吧”而选择到小洲养病的女孩写进书里，把因为“露天吧”结缘而收获美满家庭的志愿者小李写进书里。苏一刀不愿意放弃“露天吧”，最重要的原因是他发现有很多的人比他更依赖它，“仅凭你的想象还无法描绘出在这里发生过多少不为人知的故事。”他说，“这本小说如果能写成，那我这十几年的心思也就没有白费。”

“除非是我把主意改了，觉得做十年二十年为止，不做了，也对得起大家，对得起社会了，但至少目前没有这么想，还是想好好地把它搞下去。我有生之年肯定会办好它。”苏一刀如是说。

（文 / 顾翠栋）

阿木

珠村

多年以后，如果城中再也无村，我一定会怀念起这些场景：我在珠村牌坊周围随便地蹲着或站着，阿木开着电动车，悠悠地过来接我。他刚教完球回来，身上挂着清澈的汗水。大概无论经历多少劳累疲苦，他都会这样干干净净。

阿木带我在闹市里穿行，两边都是人间烟火的气息。在广州靠点小生意谋生的人们，守着板车，扯着喉咙叫卖。芒果、烤鸡腿、臭豆腐……和市中心高大的购物中心以及精美的店铺相比，这里别有一番风味。尤其在夜里，小路挤满了人，各种声音和各种味道都在空气中碰撞，会让人联想起古代长安的坊市。

拐过闹市，便是一座挨着一座的握手楼。楼与楼之间，容不下两辆单车并行。对户的两家人，要是同时开门开窗就能互相握手，故得其名。楼大高都有七八层，离得又近，阳光便照不下来，导致各处都是弯弯曲曲的阴暗的小路。阿木在这些羊肠小径之间穿梭，拐弯，拐弯，再拐弯。

珠村，和广州的许多城中村一样，最近正在改造。

自三月下旬进珠村，景色就已经和从前大不相同了。脚下全是泥泞，铁棚子把小路隔成更小的路，望去满眼一片灰蒙蒙。卡车和起重机轰隆作响，该拆的已经拆得差不多了。路的一边，各家店里灯火明亮，吃饭的吃饭，理发的理发；另一边店铺的招牌都拆了，剩下些灰色的建筑架子，下面是一条两米来宽的沟子，戴着安全帽的工人正在里边挥着铁铲。

拆了的店铺里，有一家叫“红银美食”，我和阿木以前经常过来吃红烧福寿鱼。店主人和我们熟悉之后，也会和我们聊一些生活上的事情。夫妻俩从外省来到广州，育有三个孩子，都是正读小学初中的年纪。因为户口的问题，只能花大价钱把孩子送到私立学校读书，生活令他们非常头疼。现在“红银美食”成了几块灰色的硬邦邦的钢筋水泥，招牌不再，客人不再，不知道他们要何去何从。

这被拆了的半条街的故事，从此都不得而知。我想他们那天离开的时候，应该也跟我一样，往前边走，往前边走，边踏过一片又一片的灰色地带。时代在前进，被拆掉的，以后都会以更加符合当代城市美学的方式出现。

我来过珠村无数回了，只不过这几次比较特殊——我的身份是尚未踏入社会的学生记者，阿木是我的采访对象。

我坐在矮凳子上，等他收拾好器材。

同两年前相比，不止珠村在变化，阿木也在变化。珠村是在往好的方向变，阿木却扎扎实实地瘦下去了。他的腿已经成了一副竹竿，啪啦啪啦踩在地板上，脸上颧骨突出，下半脸部形成一个清晰的倒三角。身材还是那样瘦削，浑身上下难以看见肌肉和线条。

但就是这样一个一米七的小个子，职业是“羽毛球教练”。那两根竹竿在球场上会变成弹簧。他扣球的时候，方圆百米内都能听见“哐”的一声。

“来，喝茶，我来冲茶，一边喝茶一边聊。”他说。我接过茶杯饮下去，真是清淡的茶，几乎没有苦味和涩味。茶杯是碧绿色的，杯底有条红色的小小锦鲤。

阿木

阿木是个小人物，互联网上查不到他的任何信息。

阿木已经在广州摸爬滚打了八年。我想为他撰写一个百度百科：

2011 年 9 月，21 岁，入广州读大学，交完学费后口袋里剩 1000 块钱，欠债 3000 元。“就是这一千块花了两年。”

2011 年至 2013 年 7 月，每天在餐厅做服务员，月入 800 元余 500 元，有段时间早餐只吃 5 毛钱的方便面。每天的生活都是三点一线：兼职，到社团打羽毛球，睡觉。“我把兼职做成了全职。做餐饮的话，午餐和晚餐可以在店里吃。”

2012 年夏天，大学的第一个暑假，阿木还清了 3000 元欠款，在家乡纸厂连打两个月暑假工，入 7000 元，用于缴纳第二年的大学费用。“每天醒来你要面对的是如何生存下去。”

2013 年 7 月至 9 月，在罗定市的工地搬砖，两个月挣 4000 元，还清了大学第三年的学费。“全身上下剩 250 块钱。”

同年 10 月份，阿木的恋人小文决定放弃家乡的工作，前往广州读大专。此时阿木家里决定建房子，他向小文借了 1 万元交给父亲。不久后小文患皮肤病，阿木向友人又借了 6000 块。此后连续半年，阿木早晨 2 块钱吃个豆浆油条，午餐和晚餐各 5 块钱吃碗炒饭。“出来的第一年，欠债 16000，我讨厌借钱。”

2013 年年末到 2015 年年中，辗转东圃、黄村、黄埔古港、珠村四地，四次租房，最终居住在珠村至今，房价加水电费 1300 元/月。期间通过 QQ 群及兼职网站天南海北找工作，在平安保险公司担任助理，前往香格里拉做服务员，回广州海珠区当保安，接下一份电话销售化工材料的工作，最长的工作接近一年，在酒店做体力活，帮人扫地收被子。“就是在酒店的这一年，这整整一年，我都在考虑要不要去教球。后来我想，不能让人生留下遗憾。”

2015 年年中，当了两个月的学徒，跟着羽毛球教练一起教球，决定自己出来单干。“他们能做到的事，我为什么不能？”

2015 年年末至 2017 年，月工资从 4000 元到巅峰 9000 元，挣到了人生中的第一个 10 万块，考虑到自己的三哥结婚需要房子，跟家里提议要把房子建到三层高。结果大哥分文不出，二哥只出了几千块钱。“谈钱伤感情？我不知道有什么感情好伤。”

2017 年末，恋人小文怀孕，家里房子开工，两个哥哥既不反对也不出钱。

2018 年，结婚，妻子小文生下男孩小羽，阿木家里房子建成，欠债 14 万元，父母亲反对债务平分，声称那是分家的举动。

2019 年，一边教球，一边接了一份新的工作——为仓库搬运货物，艰难地生活着。

阿木出身汕头市潮阳区凤岗村的一个贫寒家庭，家中父母健在，兄弟四人，他排行第四，为最小。到广州八年，家里没有给他打过一个电话，寄过一分钱。阿木在广州艰难生存，还要源源不断往老家“输血”。

城市

我问阿木对于城市有什么记忆，他兴奋地说：“有，当然有！有一件事，我一辈子都忘不了！”

阿木大二的时候，跟着学校的羽毛球社团去参加“市长杯”。这是广州最为有名的羽毛球比赛之一。那是他第一次坐地铁。地铁行到某处，师妹突然对他说，“到站了。”他背着羽毛球拍子，慌慌张张地跳下车，在那里定了一下神，抬头一看，师妹在车上和其他人又笑又闹，一个都没有下车。他眼睁睁看着地铁继续往前开走了。

“哎呀，真是羞死了！”阿木觉得，自己那时候就是个乡巴佬。这当然是关于城市的一些诙谐的记忆，很轻，适合下茶。

阿木不得不说是一个天才，一个运动的天才。羽毛球在场上飞扬、翻转、坠落，或如落叶飘摇，或如天雷轰顶，来回间都是些变幻莫测的事情。忠厚老实的阿木，反过来掌控了这种千变万化的技术。他的人生就像一颗廉价的羽毛球，不定因素多到难以计数，却一样被他硬生生控制住了。

但纵使他能一场不落地看完林丹的比赛，纵使他能天才一般自学而成羽球教练，纵使他能以钢铁的意志度过自己黑暗的大学生涯，他也无法明白城市。

他不想回家，却无法忽视城市的陌生感。“就是自己不属于这里的感觉……感觉没有一盏灯是自己的。感觉整个城市什么都不属于自己。”阿木仰着头，看了看天花板，杯里的茶已经凉了许久。

原始家庭的烂摊子，刚刚一岁半的孩子，要不要入广州户口……想到这些，头都大了。如果没办法入户的话，等到孩子上学的年纪，一个月就得支付几千块钱的学费，而且私立学校的口碑并不见好；入户的话，现在只能考虑技术入户，考证倒不是最大的难题，而是入户便代表着一种单向的选择，只准留，不准走。

“可是你得有能力在广州一直待下去……这里消费很高，什么都需要钱……你肯定是想留下的，谁不想让自己的孩子拥有更好的教育……家里那边怎么样，你是知道的。”阿木慢慢地说着，他没有显得多么沮丧，这已经是天天折磨着他的问题，他已经习惯了，习惯了一些天天绑在自己手脚上的绳子。

我们两个，茶都喝得越来越少了。

他终于感慨地说，走也走不掉，待也待不住。我跟着他反复读了几遍，走也走不掉，待也待不住。

妻子小文和儿子这两个星期回娘家了，今天正好要回来，小文给阿木发了个视频，孩子的脸蛋胖嘟嘟的，正在对着镜头手舞足蹈，开朗地笑着。阿木说，他不想让自己的孩子像自己一样，什么都得不到。如果条件允许的话，他会为孩子的兴趣为前提，尽可能地培养他，使他幸福。

培养意识，这是城市给阿木的礼物。城市里的人一直在拼搏，在培养自己，可能想的是怎么让自己的生活过得更好一点。而农村的人能过完一天就是一天，是一种养老的生活。在广州，人不会那么容易听到些没用的家长里短，闲言碎语。

“目前一直坚信着越努力越幸运，多干，然后多找些灵感，多干才有机会！”阿木说这话的时候，眼里像是闪着一颗羽毛球。

这一代村里的年轻人，陪着瓜果、昆虫、星辰长大，十几二十岁到头来，撞进视网膜的却是落地窗、铁塔、大厦。这些钢铁物件反而使他们成长，进取，不敢落后。因为，必须适应这种冰冷的温度，否则就会在不经意间被时代抛弃，就像红银美食被城市美学抛弃，就像阿木被地铁抛弃——尽管这只是一个玩笑，但生活是很少跟人开玩笑的，对于摸爬滚打的人来说，每个玩笑都是灾难。

走也走不掉，待也待不住。身后是烂摊子，眼前是灰色地带。

这八年来，羽毛球无数次给了阿木信仰和力量。没有羽毛球的话，可能大学那会儿就“崩溃”了。我记得我初见阿木那阵子，他还上着高中，拿着球拍在球场上飞扬。所有人都对他赞不绝口，他一边拿着球拍打打自己的大腿，一边喜笑颜开，年少，自信。

现在采访刚结束，茶盏已空。29 岁的他站起来——果然还是太瘦了，一副清瘦的竹竿撑着拍子、屋子、孩子。

（文中人名均为化名）　　　　　　（文／林坚生）

八年零十个月

这是一段已经持续了八年零十个月，还会延长，但又不知会在何处戛然而止的故事。

芳大娘在得知四宝病情的那一刻脑中一片空白，像兔子消失于魔术师的礼帽里，连疼痛的记忆都是缺失的。她多希望记忆能够一直缺失下去，但是她的儿子还等着母亲陪他继续活着，她不能被打倒。

1

马大爷是黑龙江佳木斯一所郊区小学的老师，户口是农村的，后来自己考上了师范，十几年前媒人介绍对象相亲，娶了芳大娘。结婚之前，芳大娘是佳木斯亚麻厂的一名女工，后来亚麻厂倒闭了，全厂人几乎都成了无业游民和全职家庭主妇。最初下岗的那段时间里，因为家里只有马大爷一个经济来源，所以她自己也出去找活打工。后来儿子四宝儿上了高中，外加马大爷在外给学生补课能补贴不少，她就辞了工作，专心陪读。

佳木斯这座城市不大，但是离市中心越近，东西就变得越值钱。为了四宝儿上学方便，芳大娘一家三口贷款买房，搬进了离四宝儿高中最近的那个小区里，房子面积很小，因为学区房房价太贵。一日三餐，风雨无阻，日子步入正轨，全家的盼头就是四宝儿努力读完高中，上一个不错的大学。

2010 年 7 月的一天，也就是在四宝儿高二阶段的时候，四宝儿和妈妈说左腿关节有点疼，他描述得有些模糊，芳大娘也一头雾水。她摸了摸儿子左腿说疼的关节，部位发热，比起其他位置体感温度稍微高了些。“一般关节有问题都是发凉吧，像风湿，发热应该就说明没毛病。”这个从来没接触过肿瘤的母亲靠生活常识判断。直到 2010 年年前这五个多月的时间里，四宝儿再也没说过关节疼。

正处高二的关键阶段，学校课程量大，赶上放假时候的作业都能堆成一座小山，各科的学案、试卷、练习册，是每个高中生的“噩梦”。四宝儿算不上聪明，成绩中等却稳扎稳打，极力想要跟上全班备战高考的步伐。时间久了，四宝儿和母亲说自己的脖子和脊椎疼，芳大娘猜应该是写作业看书总低着头，再加落枕的缘故。

高二迈向高三的那年寒假，过年之后的初十全校开始组织正式上课。从初十开始，一连上了五天的课，四宝儿的落枕还是没好，他奇怪怎么这么久还不见好，于是决定星期天那天和母亲去医院做检查。

2

由于星期天的缘故，佳木斯附属第二医院调休半天，医生下午一点下班。在四宝儿之前有一位患者，那人让医生帮忙看了腿、腰、后背好几处，四宝儿安静地坐在等候区看着他们。轮到四宝儿检查，他走上前稍微低着头，怯生生地问："医生哥哥，挂一个号只能看一个地方吗？除了脖子我还想看看腿。"医生笑了回答他："可以，当然可以啦，去把脊椎和腿一起拍X光片回来找我吧。"

医院里拍片子的人太多，得等两个小时后才能取片，芳大娘负责在医院等着出片，四宝儿要回学校去上数学课。片子拿到手之后，她第一眼瞄到的是腿的那一张。骨关节处有一个巨大的黑点，虽然她什么都不懂，或许是母子连心，她有预感不好的事情发生，还没回到医生那里，眼泪开始止不住地奔流。医院下午一点下班，拿到片子已经十二点多了。芳大娘回到医生那里，医生让她先把脊椎的片子给他。

"这怎么可能是一个小孩的脊椎，六七十岁人的脊椎都比这个好。"医生的回答让芳大娘一惊。这怎么可能呢，孩子念高中本身学习累，吃的补的东西挑有营养的来，一天三顿饭菜换着样式做，怎么会这样。芳大娘向医生说着自己的困惑，这也太奇怪了。医生听了解释，仍十分不解。

"大夫，您再看看我儿子这张腿的片子，这腿上有个大黑点是怎么回事？"医生接过她手里的X光片。

"脊椎不用看了，赶紧去看腿。"

3

芳大娘把四宝儿从数学课上叫了回来，交钱，拍 CT。前一个大夫嘱咐她等 CT 片的时候，先把所有的东西都交给下一个医生，第二位医生看了 X 光片，问了她许多四宝儿平时的表现，什么时候开始腿疼，最近一段时间家里有没有什么变化，芳大娘隐隐地感觉到事情已经不那么简单。

她开始回想，以前所有略有疑点的小事在脑海中一一浮现，拼凑出了她想都不敢想的可能。

她记得一次四宝儿洗澡出来，脸色像蒙了层灰似的，给人一种没洗净的感觉，皮肤干燥无光，根本不应该是洗过澡后的状态。还有大年初一到初六的休息时间里，四宝儿同学找他打篮球他一次都没去过，他说他累，特别的累。她记得四宝儿，这个快要成年的体重 160 斤的小伙子，连回家上二楼都要喘……所有与四宝儿生活有关的细节她全都想起来了，泪水再次决堤而下。

科室里一位拿着片子的研究生过来，对着芳大娘说："阿姨啊，这不是啥好病，我们怀疑是恶性肿瘤，骨肉瘤的可能性大，赶紧去看病吧。"芳大娘不懂这些，一个纺织工人哪里知道骨肉瘤是什么概念。直到这时她还在和医生说："肉瘤应该不严重吧，切下去是不是就好了。"

虽然恶性肿瘤本就已经是肿瘤中最严重的阶段，但是长在肉里与血相通的才最为致命。二院下班了，焦急的芳大娘带着四宝儿出来去了市中医院。市中医院的肿瘤科主任带给她却是寒彻入骨的绝望，“佳木斯治不了，保命赶紧去哈尔滨。”

那天，漫天飞雪，落入泥土，万籁俱寂。

4

经过一晚上的奔波抵达了哈医大二院，他们片刻都不敢喘息停留。后又通过一位朋友介绍的医生联系，三口人去了北京 301 医院。

芳大娘清晰地记得 2011 年 4 月 2 日是四宝儿做第一个化疗的日子，这样的日子是灰暗的，母亲不忍看到儿子遭罪，儿子在一旁坚强的与病魔斗争，但这样的日子一旦开始，就注定痛苦。四宝儿左腿处的肿瘤几乎不再折磨着他，相反最棘手的问题是当时的肺部感染问题。因为肺上的骨肉瘤，他们在北京 301 医院足足做了 32 个周期的化疗，据芳大娘回忆，11 月 2 日是拔管的日子，并在之前做了换关节的手术。这时候化疗暂且缓解了病情。

5

但是恶性肿瘤这个病会复发的。2012 年病复发，他们回到北京 301 医院做了三个化疗，此时四宝儿左腿的胫骨上发现了新长出的肿瘤，因为已经换过一次关节，再换胫骨的方案由于腿部会丧失支撑点的缘故根本行不通。医生给出的建议是截肢，四宝儿怎么能肯。四宝儿的倔强让人心疼，谁都没想到会走到现在这一步。

不同意截肢的解决方案是依靠化疗压制，回到佳木斯后，在

2013 年的上半年和下半年分别做了 3 个中度疗和 2 个化疗。但化疗治标不治本，只能在短期内抑制，无法长期根除，虽然无法保证截肢意味着根除，但是和化疗相比，截肢确实是最好的结果。

化疗终究抗不过病变，2013 年 12 月 20 日，四宝儿永远失去了他的左腿。

6

左腿对于四宝儿来说像是他保护自己的最后一道屏障和奋力一搏的筹码，有腿在，他会留有仍存在转机的渴望。但是现在已经截肢的他，像是被人抢了心爱玩具的大男孩，因为所剩无几，因此只能全力对抗。

截肢后的日子并不快乐，他要忍受常人无法感受到的“幻肢痛”。虽然左腿不在，但是数亿的神经组织还在，没有能够通经脉络的组织，他身上像是被一个无比沉重的东西狠狠地压着。每天睡觉像是被人压在床底，疼起来全身都在发抖。我不敢想象这个男孩经历了何种程度的痛苦，他远比我想象的还要坚强。

往后的几个月里，他回佳木斯又做了几个疗程，直到 2014 年 4 月份，他在哈尔滨拥有了自己的假肢。不幸的是，肿瘤继而转移到了淋巴结，后来转移到了肺中隔，如果之前算是序曲，那么噩梦才刚开始拉开序幕。

7

骨肉肿瘤就是一个吸血的魔王，它把人全身上下所有的营养通通都吃掉后，再去另一处寄居生存，无孔不入，见缝就钻。从左腿到胫骨到右肋巴扇，又从淋巴到右肺叶再到肺中隔，四宝儿被它折磨得弱不禁风，像是被子弹击中过数次的筛子。

2015 年大年初七，四宝在右腿摸到了转移过来的肿瘤，接着又在左肺叶发现了小肿瘤。所有需要化疗的病人都需要打一定剂量的化疗药，一般严重的患者打一天剂量的药可以挺三天，但是四宝儿的病情却必须一次注入六天的剂量，需要他挺整整十四天。

就这么过了一年不停化疗的日子，2016 年的第七个化疗结束后，四宝右腿肿瘤再也抑制不住，像野生的蘑菇一样在原来的基础上越长越大，越来越硬。经过四宝儿同意，他们决定把右腿也做手术处理，但当他们到了北京之后，四宝儿高烧不退，无法做手术，在北京医院待了 8 天之后，他们又回到了家。

没法截肢只能先靠化疗抑制，21 天一个周期的化疗芳大娘记不清做了多少组。据她回忆，那时的肿瘤不断地向外淌血水，她用尿不湿包裹起来也没有用，分分钟一张二百毫升的尿不湿就会被浸湿，而且发出恶臭。她能做的就是守在儿子身边，每半小时甚至每十五分钟就要为儿子换一次纱布。等到回家休养直到做完了右腿手术之后，已经到了 2017 年的 5 月。右腿并没有像左腿截肢，但是由于肿瘤长在大腿肌肉上，切除肿瘤意味着右腿的大腿肌肉不在，现在只有皮和骨。

8

真正的考验是四宝儿与长在肺中隔肿瘤的对抗。2016年5月做完右腿手术过后，两个人在家歇了将近两个月，直到7月开始，四宝儿隐隐地感到肿瘤又溜到了后背，他后背开始疼了。中隔在肺部的中心，周围密密麻麻遍布着大量血管，联通着全身上下无数处的神经，由于它的特殊位置，根本无法动用手术，只能走一步算一步。

在上午拍片看到的肿瘤到下午就长大了一倍，巨大的肿瘤压在神经上疼痛无比，疼起来的时候四宝儿在床上疼得发抖，芳大娘无能为力替儿子受苦，坐在床下默默地哭，心都要碎了。所有的医生都不看好这个病，从最初确诊开始，医生们预测的期限是一年，最多活一年。前几年的痛苦没有压倒四宝儿，但是这次他真的面临着双重考验。

医生对芳大娘说，可以做手术，把肿瘤附近的神经去除，孩子少遭点罪，不那么疼了。医生看着每天四宝儿在病房里被疼痛折磨，才想到了这个偏向于放弃治疗的方法。可是去除神经之后连哪里疼都不知道，还怎么治病？芳大娘瞬间懂了医生的意思。“大夫我不考虑我自己，我不能放弃，哪怕只有一点机会，不尝试的话连这次机会都没有了，放疗吧。”

上午拍片，下午定位，第二天一早放疗。放疗两天，四宝儿说自己不疼了，但在这期间开始咯血，于是只能先停了放疗，止血针止血进行了七八天。终于在2017年的11月，四宝儿的中隔好了。

9

芳大娘讲到这里特意对曾经帮助过他们母子的医生表达了感谢，每一位医生她都能清楚地叫出姓名。在他们住院期间，这些医生对她特别关照，她笑着说："可能是我这个当妈的不离不弃，感动了他们，他们都可佩服我了。"她还从这些医生那里学会了看片子，哪里和哪里进行对比，问题部位的大小、重度都是她自己问出来的。病魔也许会打垮一个人，但是在她这里从来就没有"放弃"这两个字。

在 2017 年岁末到 2018 年年初，四宝儿患了一次气胸，在医院的手术下气胸手术顺利完成。每年医院都是年后初七上班，四宝儿和母亲每年大年初七都会去医院进行化疗。初九凌晨的时候，正在睡觉的四宝儿突然惊醒，他听到自己的身体里发出"咕噜"的声音，他赶紧叫醒了母亲，母亲给已经离婚的孩子他爸打了电话。

凌晨三点，孩子的爸买了止疼药来，等到天一亮三个人赶往医院，又是气胸的问题。气胸的致病原因一般是有剧烈运动，还有一种据医生解释是化疗次数太多，导致身体各项机能下降，属于经常出现在癌症晚期病人身上的现象。经历了太多次化疗和放疗，四宝儿血小板生血的功能极其衰弱，造血功能已经被破坏得不能再破坏了。手术插管进去但是伤口迟迟不封口，由于无法缝合伤口只能切开伤口再重新来过，伤口总算缝合了。

三月份拍片看到右肺叶原来的肿瘤又要起来了，这时候四宝儿属于障碍性贫血，他的血小板向他提出了抗议。以前血小板的造血功能虽然弱，但是也能升到 1:16 的水平，可是现在每经历一次化疗，血小板根本就不升，五月份的一天只有 1:4。

10

也许是四宝儿感觉到自己要撑不下来，他把他的母亲叫到身边，说了这样一段话。他说："妈妈我走了之后你要好好活着，妈妈你别想我。"芳大娘眼泪止不住地往外流，她握着四宝儿的手说："儿子你也不是不了解妈妈，家里的小猫小狗走了妈妈还想呢，别说是你了。我肯定想你陪着我，我想你一直陪着我。"

"我也想多陪你几年。"

人的意志是治疗中最有效最神奇的良药，只要还有一丝求生的信念在，那么上天一定会看到，他一定把机会给那些需要的人。当天夜里，四宝儿的血小板一下子就升了上来，他想陪着妈妈是他一直坚持的理由。鬼门关不可怕，可怕的是缺少坚定的信念和坚强的理由。

前些天芳大娘去了佳木斯旁边的小镇鹤岗，她听说那里有专治癌症的中药偏方，这药除了贵没有啥别的缺点，至少从四宝儿身体的各项状态来看，四宝儿已经两个多月没有出现其他问题了。

11

芳大娘说这些年来国家政策好，看病的钱几乎都是国家拿的，是国家成全了他们。之前的低保政策特殊病例，只要拿着报销单，花八万元相当于自己花一万元，最高额度有的还能够报销五万元。这么多年来省了很多钱，少说也有十多万元了。不过到今年的五月这个政策修改，她说过两天去社区临时救助站看看，了解一下新的情况。

这八年多来的风风雨雨走到今天，我为这样一段坚韧的故事动容。一路走来他们收获了很多人的帮助，除了国家的补贴，四宝儿高中佳木斯一中组织捐款，全校师生捐了 43 万元，当时还隶属于这个高中的初中新世纪中学师生捐了 5 万元，48 万元是救命钱，是芳大娘一辈子都不会忘的真情。

四宝生病后，马大爷和芳大娘离婚，他和四宝一位同学的妈妈再婚了。听芳大娘讲四宝的继母曾经在过年的时候砸过芳大娘家的玻璃，只因为芳大娘把马大爷叫来陪孩子吃一顿年夜饭。我不便在此对他人的所作所为做过多评论，但是我由衷地希望芳大娘和四宝儿不再为外人扰，安安稳稳地过生活。

在采访的结尾，我问芳大娘平时四宝儿在家都干些什么，她说："四宝儿愿意看名著，在家只能倚在床上看，心血来潮还会写读后感记笔记，但是不能写太久，因为四宝儿的胳膊抬太久会抬不起来。"

芳大娘是看着我长大的长辈，也是我一直敬重的坚强的母亲。她笑着和我说在大学不要斤斤计较，也不要嫉妒别人，相信自己拥有的就是最好的。她告诉我，四宝儿虽然不能像其他孩子那样给她经济方面的支持，下不了床，但她从来不羡慕别人。

因为四宝儿是她自己的孩子。

（文中人名均为化名）

（文 / 董欣迪）

最长情的孤独与守望

21 世纪，中国逐步步入老龄化社会。

自 1980 年中国实施计划生育政策以及人们生活物质水平提高，最近的一次人口普查显示，65 岁以上的人口比重高达 8%，并且有进一步增长的趋势。随之而来则是社会养老问题。刘阿婆（化名）是位“空巢老人”，沉浮挣扎于生活的边缘，颤颤巍巍。

从陌生人到熟客

认识刘阿婆是 15 年前的事了，那时我刚搬新家，年纪尚小。入住的第一天，家里置办酒席宴请亲戚朋友。作为邻居，刘阿婆也过来道喜，凑凑热闹。那是 2003 年的冬天，她还是个典型的农村妇女形象，绑着大辫子，朴素的褐色上衣和黑色棉裤，说话的嗓门巨大，有时还会叼着一根烟。因此每次见到她，我都躲在母亲后面，在背后默默注视着她。

刘阿婆对于我们的到来似乎十分高兴。之后的每天她总会来串门两三次，帮着母亲择择菜叶，上街市买菜总会拉着母亲一起，遇上祭神节了，也乐乐呵呵地帮着我们家制作祭品。久而久之，刘阿婆成了我们家的常客，我对她的陌生感也渐渐驱散了，每次听着她和大人们拉拉家常，不知不觉被带进了上一辈人的世界，而村子里每次一有什么小道消息，也大多是从她口里得知。后来我才知道原来我们村的人她基本都认识，她与每个人都很亲善。至今仍使我感激的是，我小时候经常咳嗽落了病根子，有次她听说了，便经常主动给我熬中药，到了我放学就给我送过来，大概有半个月的时间。后来，我的病渐渐好了。

就这样过了一年、三年、五年……如同亲人一般，我们两家的距离慢慢靠近。而家境也在悄然变化着，我从了小学生升了初中，刘阿婆儿子女儿各自结了婚生了小孩，有时候她会带着孙子过来串串门，老夫妻帮忙带孙子、做家务，逐渐忙了起来，见到她的次数比以前少了。有次我问她，为何不带着孙子和儿子一起住大城市？她摆摆手，摇摇头，说是怕给儿子带来麻烦，还是住在老家好。

从乡下到深圳

2008 年奥运会开幕的那天晚上，我们当时看着电视，靠近客厅房子里传来了呼喊声，母亲一下子就意识到什么，急忙走过去。原来是刘阿婆在叫我们，我们推门进她家的时候，屋子里一片黑漆漆的，借着窗外的月光，刘阿婆瘫坐在地上，旁边是倒下的木梯。后来我们明白了，她换电灯泡的时候，爬上木梯，由于重心不稳，摔下来了，但是怎么都站不起来。儿子女儿都在外面工作，老伴出门了，小孙子坐在木椅上哭得厉害。刘阿婆一时间不知所措，空荡的屋子多了几分落寞。

刘阿婆不再是我小时候见到的那个手脚灵活的农村妇女了，她经受着生活的孤独与无力感，但这些她从不言语，依然和往常一样拉拉家常。母亲不免叹息，给刘阿婆的儿子女儿打了电话，说了她的近况后，过了两三天刘阿婆的儿子媳妇都回来了，在家待了两天，她们决定把她接到深圳一起生活，在母亲和他们的好说歹说下，刘阿婆才答应了。

就这样，刘阿婆被儿子接走了，而她的老伴因还没退休继续留在老家工作。过了大概半个月的时间，她经常打电话来，述说着家长里短。有次刚好我去接电话，刘阿婆便开始倾诉起来，“深圳这地方可住不了，大楼里一天到晚也看不到一个人影儿，儿子媳妇都忙，我这老婆子，耳聋眼花的，又不认字，哪也不敢去，怕走丢了。”去了深圳似乎没有改善她的生活状态，反而像生了病一样不自在。

从相伴到孤身

逢年过节，刘阿婆才跟着儿子媳妇一起回老家，然后休完假又回到深圳。其实谁都清楚，儿子只是想老人到城市带着孩子，而老人也忍受着城市的不自在，尽力给儿子减轻负担，就这样过了2年。不幸还是降临了，乡下的老伴在工地里被石头砸到脑袋，昏迷不醒，成了植物人。刘阿婆从深圳回到老家，背负着照顾植物人的老伴以及将近90岁婆婆的重担，还是和往常一样，料理着家务，给老伴喂饭洗澡，唱他最喜欢听的歌，尽着一个妻子和儿媳妇的本分，把生活打理得服服帖帖。

而远在深圳的儿子少之又少的电话，成了刘阿婆的精神寄托，女儿打电话的次数也越来越少了，唯一的联系只剩下汇款单，上面的附言处一片空白。老人家总是笑答，“儿子忙啊，哪来的空儿打电话？”回这话的时候，我不经意间看到老人眼角闪过一丝凄凉。刘阿婆和我们家又渐渐走动起来了，屋子里又响起熟悉的口音和欢声笑语。时光在刘阿婆身上留下的唯一痕迹只是那渐渐瘦弱的身躯和渐密的白发。

刘阿婆悉心照料着像小孩子一样不能自理的老伴，两人相依相伴2年后，老伴终究还是离世了。老伴的离去对刘阿婆来说或许是一种解脱，但也给刘阿婆带来更大的孤独感，她只能一个人留守家中，照顾着90多岁的年迈的婆婆。尽管生活的来源仅剩下儿子女儿的汇款，她仍然一个人咬牙扛下来了，她的内心却时时渴望着家人的团聚和孩子们陪伴身边的快乐。

再见到刘阿婆的时候，已经是我上大学的第一年寒假了。她对于我的到来十分惊喜，张罗着给我做着我最喜欢吃的菜，她的脸上爬满了皱纹，身躯更加瘦弱，那条熟悉的黑棉裤却仍然未变。

从受助到施助

冰冻三尺非一日之寒。农村的青壮劳动力越来越多地涌入城市，农村的许多家庭的孩子，大多没能上初中或者高中，就随着大人奔赴城市，投入城市的打工潮流，而少有人能真正做出成绩，只能勉强糊口。家里的妇女和老人打理着家务和自家的田地，以及守望着每年过年的一次团圆，许多家庭都成了脆弱的空巢。家庭的组合往往是年迈的婆婆和成群的孩子，或者高龄的老夫妇相依为命，更有甚者，留守的老人照料着高龄的婆婆公公，刘阿婆就是一个例子。空巢随之而来的是病魔缠身。空巢老人成为诈骗案受害者的案件屡屡发生。这次我回老家休假，探望了刘阿婆。令我吃惊的是，她精神饱满，像上班族一样忙东忙西。后来听母亲说才得知她在村里发起了老龄服务志愿队，给村里不能自理的老人们买粮买菜送食物、洗衣服、打扫卫生，陪他们聊聊天。现在这个服务团队已扩大到50余名，有中青年妇女，也有将近60岁的大妈大爷，而这一服务队的组成有赖于刘阿婆在村里广泛的人际圈子。至于现在，尽管自己也承受着空巢的孤独与无奈，刘阿婆已经全身心投入到照顾周围老人的工作中。又或许，只有通过这样，刘阿婆的每一天过得才更有意义。

从生活空巢到精神空巢

空巢老人之所以引人关注，是因为背后折射出当下社会养老保障的不足，这不仅影响当下的老人，也影响到今后几代老人的退休生活。目前我国已迎来了“银发浪潮”，过去中国由于传统的家庭结构趋于稳定，这个问题还不明显。随着现代化进程的加快，传统社会渐行渐远，趋向解体，三代同堂、四世同堂的景象已经很难看到。有时候生活的空巢并不可怕，可怕的是精神的空巢，空巢老人更渴望的是有人能说说话，聊慰内心，子女常回家看看。有次经过刘阿婆身边，她正在织毛衣，这是她最享受的爱好了。夏天的时候，老人家会坐在房子外面的石阶上，戴着老花眼镜，一针一线地织毛衣，孙子的毛裤，孙子的毛衣，儿子的毛衣，媳妇的毛背心，一年到头，手不离针，织完厚的织薄的。“我年轻时是一个针线活儿特别地道的女人，做的布鞋是全村最好的，做的衣服也是最平整的，人见人夸，现在手工做的鞋子没人穿了，衣服也是买成衣了，可这毛衣还是自己织的暖和合身，媳妇从小到大光念书，不会针线活儿，我没事在家闲着，趁着眼睛能看见，给他们多打几件留着换着穿。”

刘阿婆边织边聊。每一针每一线都是对子女长长的思念与守望。

（文中人名均为化名）

（文／郑明达）

人说我复杂，我说我豁达

当年意气风发的四哥，现在已过知天命之年，为了掩饰丛生的白发，他在好几年前就把潇洒的偏分剪成了寸头。正如很多迟暮的英雄一样，他的眼神开始变得浑浊，还透露出沧桑。现在的他经常坐在自己酒楼的烧腊外卖摊门口，跟来来往往的老熟客寒暄，时不时催促手脚慢的斩料师傅。他就在这个肉香四溢的环境里慢慢回忆起那个吃不起肉的年代……

一个有原则的小混混

四哥原名陈兴达，1963 年出生于广东云浮，是家中第四个儿子，他有一个踪迹成迷的大哥，这个大哥从未出现过，父母只会说他死了。但四哥说，在那个年代，大家都说一个人死了，或许并不是真正意义上的“死亡”。除此之外，家里还有一个二姐和一个三哥。

出生在20世纪60年代，仿佛注定了四哥的一生正如那个年代一样，风雨飘摇最终归于平静。

四哥的父亲并不是传统意义上撑起一个家的坚毅男人，他更愿意把心思放在兴趣爱好上，把大家庭的重担甩给柔弱的妻子。

不能期待这样的父亲养活一个家，四哥的母亲只能靠自己拉扯三个儿女，她知道让孩子读书很重要，可是她想尽了所有办法也不能让孩子在那个动荡贫苦的时候继续学业。四哥五年级的时候就辍学了，被送到邻镇六姨处。他说六姨家也并不是很富足，印象最深的是为了赚钱要去捡牛粪卖。

四哥就这样长大了。他最开始的“工作”是帮人收债。

说起放账，四哥痛心疾首地说起现在非常普遍的校园贷现象，他见过太多因为借了太多钱又还不上而家破人亡的故事。他提起当时有一个第一批开工厂的老板，在谈生意过程中染上了打麻将赌博的习惯，一开始仗着自己家底丰厚，一掷万金，直到厂房、车子、住房全都抵押出去还不回头，最后向别人借了一大笔钱。“以前还是个老板，后来连家都没得回，年三十晚我们去他家堵他，一家子女人孩子像哭丧一样，哪里还有点过年的样子。”四哥看着路上奔走的人，叹着气说年轻人遇到的诱惑太多，以前如此，现在的年轻人更是。

四哥他几十年来不抽烟、不喝酒、更不赌博，问他为什么，他说虽然自己没读过书，但小时候在祠堂门口偷偷听过老师讲课，懂得什么叫作“道义”，什么叫作“有所为有所不为”。年轻时的事，四哥不愿意多提，他只是粗略地说自己开过游戏厅、打过架。“你别以为泼红油漆、胶水堵门、砸车这些只是电视上演的，现实中的收债比这些可怕得多，所以我说你们这些年轻人啊，真的是身在福中不知福，想要的东西太多又不肯狠下心去干活。”四哥像大部分中年人一样，说着说着总会扯到一大段人生道理，就像是要把自己所有的人生感悟浇灌到他们认为不懂事的下一代身上。

年轻的四哥并没有所谓的人生规划，他那时觉得有口饭吃就已经再好不过了。直到他遇到了一位老人。

“那次我还是跟着兄弟们一起去收账，那间房子在山里都算得上数一数二的破旧，老太太的儿子在外面打工迷上了一个女人，那个女人就是个‘吸血鬼’，什么时新的东西都要买，说好的彩礼钱一次高过一次。”四哥提起那个悲剧时依然一脸嫌恶，“老太太的儿子没本事挣那么多钱，就去借。那女人就是个骗钱的无底洞，看到对方没钱了还欠一身债当然拍拍屁股走人，那个窝囊废（老太太的儿子）留下让债主找母亲要钱的话就消失了，不知道是去哪里躲起来了。”不难想像，那样一个贫困的家庭那样一位年迈的老人怎么能还上儿子的账呢？七八十岁的老人向着满屋子后辈恸哭下跪却没有得到怜悯。四哥没有能力帮老人把账还了，但也不忍心再看到这样的悲剧，他离开了。

一个重情义的商人

四哥一旦看到面前的斩料师傅把烧腊窗口弄脏了又不擦干净，

他总是会大声吼："快点擦干净，我们是做餐饮的，这么脏让客人看到了就没胃口。"可是他从来不会训斥那些因为上了年纪而手脚变慢的员工，在四哥茶楼里，从收银员到服务员，有一大半都是年过六十的老年人。经常有人劝四哥把这些老人家"炒鱿鱼"，请一批年轻能干的员工，四哥却总说这些老人家都是陪着他父亲一手一脚创立这家酒楼的，现在把他们炒了还能去哪里找工作呢？他们把大半辈子都奉献给"乐园"（四哥父亲创立的酒楼），那"乐园"就有义务为他们养老。老式酒楼外的四哥是一个彻彻底底的商人，自古商人重利，四哥也不例外，他从不掩饰自己对利益的追求。

四哥离开的时候攒下一小笔钱，他耗尽积蓄又东拼西凑买下了一小块地，尽管20世纪80年代地价攀升的浪潮还没席卷到那个偏远小县城，但那块地掏空了他的积蓄，四哥孤注一掷。那块地便是他发迹的起点，刚开始他只是靠那块地收租，由于地理位置不算太优越，租金只能勉强维持生计。

一晃几年，改革开放的春风逐渐吹到了这个粤西小城，富起来的人越来越多，行驶在路上的汽车再也不是稀罕物。四哥抓住了这个机遇，开始第一次创业之路，开了小城镇里第一家驾校。"刚开始的时候生意真是好做，一块地几辆车再请几个人，钱就哗啦哗啦流进口袋里，没有什么挫折。"四哥是跟上了时代潮流的人，他的好运气是那个时代赋予他的礼物。

当运气来临时，懂得抓住的才算聪明人。20世纪90年代中后期，驾校已经不是新鲜事物，虽然自己的驾校利润丰厚，四哥却出人意料地把驾校卖了，就连新婚妻子都不明白他此举究竟是为何。

四哥拿着卖掉驾校的钱和近十年的积蓄，回到六姨的村子里办了一家不锈钢工厂，那时候的他不会想到，20年后的他的家乡成为全国最大的不锈钢餐厨具生产出口基地。当时我国正在着力建立社会主义市场经济体系，国家倡导所有能创造财富的源泉充分涌流，越来越多的人选择下海开办工厂。四哥偶尔听到有人说起一句话“那些外国人很有钱，做完饭都不洗锅直接扔掉”，说话人的初衷可能只是羡慕外国发达的经济情况，四哥却说正是这句话让他决心做高端出口餐厨具。

一开始工厂规模很小，没有能力做餐厨具生产加工，只有一条生产线，对不锈钢铁皮进行分割、加以简单的加工再卖出去，利润很低，远比不上驾校赚钱。很多人都说他傻，他自己甚至也产生了怀疑，当初开驾校时只需要坐在办公室喝茶，钱就源源不断流进钱包，如今天天要到粉尘漫天、机器轰鸣的车间里与工人并肩战斗，值得吗？如今看来，自然是值得的，四哥的工厂现拥有员工逾3000人，工厂占地23万平方米，年产值超十亿元。

早期创业的艰辛，四哥只用“累”一字就轻轻概括。2008年的金融风暴他也安全渡过，那一年甚至成为他的工厂产值过亿元的第一年。对他和他的工厂而言，最大的挑战来自于现在。一提起如今的困境，四哥不再冷静，他的眼神里充满了担忧。早在几年前，由于原材料和人力成本不断上涨，他的餐厨具产品销量停滞不前。再加上不锈钢加工属于传统的第二工业，创新后劲不足，发展到达了瓶颈期。最近爆发的中美贸易摩擦更使他焦头烂额。美国市场是他的主要出口市场之一，美国提高税率意味着他的成本进一步提高，产品竞争力下降。“我自己的钱够我全家花上几辈子，就算我现在关了工厂生活也不会受到影响。我担心的是我底下几千名工人的生计，他们中的很多人背井离乡从河南、广西来到这里安家，凭的就是对我工厂对我这个人的信任。只要有一个车间停工，就有上百个家庭失去主要收入。”

四哥把几千人的生计肩负在自己身上，就算形势再难，他依然撑住没有大规模缩减过工厂规模。

商人重利并不是令人难堪的话题，令人难堪的是利益像猪油一样厚厚地蒙住了眼、蒙住了心，为利益放弃一切原则。四哥他非常看重利益，他牢牢抓住了一切可以赚钱的机会，他说人生就像一条宽阔的河流，钱可以让过河的路途更顺畅些，可总有人为了钱放弃道义坠入奔腾的大河。

一个开明的老派人

如今的四哥除了为工厂生意奔走的时候，不像年轻时一样全世界奔走游玩，他更喜欢坐在自己的烧腊摊里吹着旧风扇，向来往的人介绍自家的烧肉皮有多酥脆，四哥的老婆四嫂却几乎从不踏足这家酒楼。“乐园酒楼”起初是由四哥父亲和四哥五叔合资创办，老人年纪大了，便将酒楼传给儿子——也就是四哥和他的哥哥共同打理。兄弟俩刚开始协议分开经营，先由哥哥经营六年，再由四哥经营十年，谁负责经营酒楼就要负责赡养双亲。假如一切按照协议进行，就不会有接下来的故事发生。三哥经营的第三年，酒楼就已经面临倒闭。四哥的父亲出面来找四哥，要求他接手濒临关门的酒楼，并承担三哥一家的生活费用。

四哥妥协了，面对妻子的质疑，他只说了一句话："那是我爸和我哥，能帮就帮，我还有一口饭吃就不能看着他们饿死。"四哥骨子里是一个极其传统的人，甚至传统到有人觉得他迂腐而不辨是非的程度，他把亲人看得极重，总把亲情是剪不断的挂在嘴边。

然而就是那个被他看得很重的三哥，很快就在他的心里浇了一勺热油。酒楼在四哥的经营下逐渐恢复，客似云来。此时三哥在"乐园"的对面开了一家饭店，甚至连那块地写着的都是四哥的名字。四嫂气不过来，到三哥饭店里讲理，反而被人用"有本事让你老公来讲理"气哭了。尽管这样，四哥也没有收回那块地，任由自己的亲哥哥拿着自己的钱在自己的地上成为自己的竞争对手。其实四哥知道这些事情很不公平，只是他的心始终被传统的亲情至上观念束缚，无论他在意的亲情是否只是一厢情愿。

四哥不仅是一个儿子或者一个弟弟，他还是三个孩子的父亲。他的三个儿女长居美国，此次恰巧因为爷爷大寿特意回国，虽然这次的寿宴经过精心准备，却因为三哥临时提的一句年份不好就取消。小儿子对四哥最深的印象是儿时的严厉。因为四哥曾经的社会背景，他的孩子总是成为老师和同学重点关注的对象，而一旦收到老师和同学的投诉，四哥不管三七二十一只会惩罚自己的儿子，他做得最多的，就是罚儿子站在一块小瓷砖里不许动。

这样一个严厉的父亲却在时间的打磨下却逐渐变成了一个温和开明的人。四哥的大儿子到了美国一年后，通过发朋友圈的方式告诉所有人自己喜欢同性，这样的事情对于大部分中国家长来说都是难以接受的，四嫂买了最早的机票飞去纽约质问儿子。令所有人出乎意料的是，四哥接受了这件事，并且不以此事为家丑。当有人问起时，他只会平静地回答："对啊。"他如今就是这样一个平静开明的父亲，他做到了很多父亲所不能做到的——与子女平等相处。

过去的他说一不二，习惯将自己的想法强加到孩子身上却不解释，即使孩子万般不愿他义无反顾把年幼的三个孩子送往异国他乡，直至上一年才向孩子袒露自己的良苦用心，自己体会过没文化的苦，希望孩子不要走自己的老路，可这时他已背负了狠心的罪名整整八年。"以前总以为孩子还小什么都不懂，所以什么事情都藏在心里，其实孩子早就长大了，什么都懂，你看最小那个都比我高两个头了。"他学会了妥协，与自己的固执妥协，与孩子的成长妥协。

四哥最喜欢听的一首歌是 Beyond 的《光辉岁月》，总是打开手机外放跟着哼"一生经过彷徨的挣扎，自信可改变未来，问谁又能做到……"他做到了。经过了复杂的大半生，他早已变得豁达，可以停下脚步安心地坐一会。

（文中人名均为化名）

（文／黎美珊）

孔老的时光

“冬去秋来夏复秋，华年逝水付东流。幼小不幸遭顽疾，别井求医数十秋。治愈归来知残缺，空怀抱负自难求。再度离家谋生计，一事无成到白头。”

这首诗是当年孔老因麻风病留下眼疾，在中国麻风研究中心治疗时，随手写下的诗。后被恰好到访的外国友人瞧见，便请求孔老让他们把这首诗在美国发表。

噩梦如何开始了

见到孔老时，他正用代步电动车摆了个 POSE，蹒跚着从电动车上下来，准备坐在大树旁的椅子上接受采访。这个村子里，电动车是大部分手脚不便的老人最时髦的代步工具，用以代替以往笨重而缓慢的轮椅。

“那时大概六七岁，一开始还以为长的皮肤癣，”谈到自己最初怎么染上麻风病，孔老略带无奈，“没人知道是怎么回事，大家都不了解。到后来严重到手脚变形，才知道是麻风病。”说话间孔老抬起脚，将自己布鞋的前端垂直折叠起，展示他萎缩后只有正常人一半大小的脚掌。

在医学不够发达的20世纪五六十年代，国内除了隔离外，对于麻风病这一人人闻风色变的传染性疾病，并无其他有效的治疗与控制传染的方法。一批又一批被发现的麻风病患者，或主动或被动地被送至各地建立在偏僻地带的麻风医院，又名“麻风村”。

“不幸运的，染到这个病就走了，幸运的话，感冒发烧就好了。”孔老还算幸运，并未在一开始就被送进与世隔绝的麻风村。手脚开始畸变严重后，孔老先被父母送到了当地的医院的麻风区进行救护与隔离。在那里，孔老一住就是二十六年。后来才被送至如今居住的红卫麻风康复村。

从少年到耄耋，无论在当地医院还是红卫村，生离死别在他的生活中常常上演。

“什么病都有复发的，最令人害怕的就是这种病了。你看得了癌症，死了就一了百了，不过短命一点而已。但以前得了这个病，死又死不了，这才痛苦。”坐在一旁同为红卫麻风康复村村民的梁老搭话。即便是在与麻风病的抗击中幸存下来的人，仍然常常经受着身体上的折磨。

“天天都要吃药，那些脚筋痛到走一下都不行，天冷的时候穿多厚的衣服都不行，痛到发不了力，就这样痛了十年八年。”开始接受治疗后，孔老一直承受着药物所带来的各种副作用。除了药物治疗，麻风病本身对身体器官的侵蚀也给孔老带来不便：因脚掌萎缩而失的行走能力，手指因萎缩显得异常短小，整个人变得十分笨拙。除了四肢，容貌也有改变。孔老左脸因略微变形导致说话吃力，左眼浑浊失去视力。

谈起患病过程中最痛苦的事，孔老觉得是还未被确诊为麻风病前的间歇性神经痛。他会在半夜突然痛醒，自己一边痛一边哭，母亲也在旁边哭。母亲后来一直对他说，“患了这个病，你最惨，我第二惨”。

丢失的家园

父母去世后，除了一些亲戚一年会来偶尔探望一两次外，孔老与外界的亲友几乎再无交集。

搬到红卫麻风康复村后，也许是同病相怜，也许是性格相吸，孔老认识了如今的老伴陈姨，在这里成了一家人。没有孩子的老两口养了一只流浪猫，谈话时，流浪猫静静地窝在孔老的膝下，享受静谧时光。

“出院又能去哪儿，村外都没家了。”谈起是否有离开红卫村在外生活的想法，孔老略带沮丧，年轻时的患病经历让他耿耿于怀着，“以前的朋友，再亲的朋友，听到你患了这个病，都不和你来往了，但是也没有办法。患了这个病自己也不想的，但这哪有商量呢。老话讲，‘麻风医得好，山头都没草’。大家都不相信你可以康复。”

孔老继续讲到："其实知道自己患了病，就算别人愿意同你接触，自己也没有敢同别人接触的心情了。我第一次听到自己得病时，吓得三魂七魄跑出来。不是人家怕自己，而是自己怕自己。村里见到熟人，别人跟你打了招呼，我才跟别人打招呼。"

在农村，因为观念的陈旧与对麻风病的误解，麻风病人往往受到周围人的歧视与排挤。孔老很幸运，他的父母在他患病时给予了他极大的爱与关怀。但再厚重的爱，也无法抵挡住村中的风言风语带给少年孔老的伤害。

"谁得了麻风病，全村都会知道。几十年前那些旧思想的，看到年纪大一点的得这个病，就说他们是勾女（泡妞）得的病。但我们小小年纪，六七岁就得了这个病，是怎么回事呢？"孔老平静的讲述中带着难以掩饰的委屈与难过，"有些做父母的会告诉孩子，你不要跟他玩，看到他就快点走。"

随着医学的发展，如今在我国，麻风病的治疗早已从以前麻风医院隔离治疗的模式，转变为如今的家庭内部治疗，即经过初期在医院的短期隔离后，再由亲人对其进行照顾。在服药治疗传染性方面，只需服用相关药物一个月左右，麻风病患者便不再具有传染性，因此可以在家庭内部进行治疗。

而麻风村，作为旧时代隔离麻风病人而诞生的产物，只能随着医学的发展被时代抛在身后。这群久居于麻风村的老人们即便已经康复，也由于长时间与外界隔离或多次的转移医院，早已与亲人失去联系，有家归不得，也有的则是因为丧失了劳动能力，而被家庭抛弃。

对于剩下这些在世上早已无家的康复者，麻风对他们身体器官的侵蚀，导致他们面容或身体的残疾扭曲，也影响了他们寻找伴侣或正常生育、抚养孩子。

在孤苦伶仃的岁月中，他们也无数次渴望家庭与亲情的温暖，然而对于大多数的麻风康复老人来说，他们既无法回到自己的家，也无法自己组建一个家。

日常的冰冷与温暖

对于大部分无法由家庭照顾的麻风患者与康复者，他们的生活与医疗问题一般由政府卫生部门负责。在红卫麻风康复村，村民每月享受着医保与生活费的补贴，根据每人身体残疾情况每月可领取900–1100元不等。除了补贴之外，村内还设有大饭堂，会免费提供午餐与晚餐。

村内常设2–3名护工，负责村内老人日常的卫生清洁。孔老的老伴阿姨，曾经也是名麻风村护工。

陈姨在1961年住进红卫村，1971年康复出院。陈姨的身体损害程度不算太严重，加上对红卫村环境十分熟悉，她被请回红卫村，成为红卫村的护工。面对着自己熟悉的老病友们，虽然工作量巨大，且脏活累活多，踏实能干的陈姨从未生出怨言。

“那时候我刚做护工，还要帮人家洗干净尿片。现在还有洗衣机，那会没有啊。大家现在年纪大了，没有办法自己照顾自己，真的很惨。”

即使是现在，退休十几年的陈姨，仍会在护工上班前，为因残疾而做不了饭的老邻居多捎一份自己做的早饭，中午饭堂开饭时，也为几位熟悉的、行动不便的老友派送午饭。

陈姨对新护工不满，也许是因为，外来护工们只将照顾大家看作是一份工作，而陈姨却带着深厚的感情，细心周道地照顾着红卫村的每一位病友，无论是20世纪70年代的将近200人，还是如今的40多人。

除了政府的补贴与医护的照顾，民间力量也对麻风村十分关怀。民间力量又分成两派，一派是以慈善机构、宗教机构为代表的义工团队，另一派是以学生为代表的志愿者团体。

常来探望孔老与他的病友们的，有两个义工团队。一个是来自广东佛山南海当地的慈善义工团队，一年探望几次，为老人家做饭与清洁卫生。另一个是来自香港的宗教义工团队，团内成员信仰基督教，一年来一或两次，为老人家们派发小礼品与购置食材。

对于这两个义工团队，红卫村的老人家们是充满感情的。

“来我这里，探望过我的，一定要让他签个名，”刚刚在大树下与我们一同聊天的、孔老的好友梁老让我们来到他的房间。他掏出一个本子，上面写满了姓名、联系方式与祝福语。除了签名簿，梁老还收藏了一大袋照片，其中有些照片已经发黄褪色，他说，“这些都是来看过我的，一些学生仔，一些年轻人，大家的都在这里了。”

不过最让这些老人家喜欢的，还是那些常来探望他们、表演唱歌跳舞、陪他们聊天的大学生志愿者们。“中山大学的志愿者很愿意来的，刚过了春节就来了。一来来十几个人，一起在这里吃了顿饭。总之，他们就是一有时间就过来。”提起大学生志愿者，孔老显得非常愉快，“还有中医药大学的学生，有十几个人。他们又帮我们按摩，又量一下血压，把一把脉，年年都来，还会煲汤或者包饺子。有时候会买点猪骨、买点清补凉，也是两三个人去一个老人房间，分汤，跟老人聊天。”

梁老也在一旁补充道：“他们真的很有心。我们一直说，你们还是学生，还是花着父母的钱，不用专门带东西过来，他们说，一年也就来一次，要带的。去年还来了两次。”

除了陪伴老人，中医药大学的志愿者还承担起了绿化的任务。今年植树节，他们带着树苗，在孔老屋外的一片空地上种了几棵小树，再一次探望时还替这些小树进行了修剪。

心底的尘埃

志愿者们与义工团队只能带来零星与短暂的温暖。白天的热闹，抵不过夜晚的独望窗外，孑然一身。

大部分麻风康复老人不仅要承受病魔的折磨，还要承受心理上的折磨。与普通人相比，他们除了与外界隔绝，忍受着漫长的孤独滋味外，还要忍受那些时不时从胸腔中、脑海中蹦出的年轻时的“理想”，这些“理想”每当被想起，都是一种对他们的鞭笞。他们也有着和正常人一样的欲求，却被永远地隔绝在了人世之外，隔绝在追求自己理想的道路之外。

“我十六七岁进的医院，那时也念完了中学。”与身边大多数同龄的麻风患者康复老人比起来，孔老入院晚，文化程度也略高一些。他有一定的学习能力，在那座当地医院的麻风区，孔老报名了函授会计，通过外界邮寄的课本与作业，自学了一些会计知识。

孔老的好友梁老则是在小学五年级的一次课外活动时，被老师发现了身上的红斑，当即被要求回家自修。后来，梁老再也没能回到学校，因差一年而没能小学毕业，成了梁老的终身遗憾。

在红卫麻风康复村，大部分老人都有着与梁老类似的遭遇与遗憾。他们都是还在上小学时，就被送进了麻风医院进行隔离，从此失去了读书上学的机会。

但比起未能继续学业的遗憾，更让这些麻风康复老人伤心的，是未能实现抱负的郁郁之情。

1960 年，孔老痊愈出院找工作，却四处碰壁。几经周折，孔老重回到麻风村，成为村里的一名会计师。

如今，麻风病已经不再是不治之症，它的发病率与传染率都很低，然而社会对麻风病的误解与歧视，比麻风病本身更难医治。

孔老一直积极参与各种普及麻风知识的活动，努力地为自己、为老伴、为病友们做一些事，去推动着社会对麻风康复者的理解与关怀。

1994 年 9 月，孔老受邀作为麻风康复者代表，出席巴西的一个国际麻防会议，会后还成立了罕疾康复协会。当时对抗麻风病的口号是：可防可治不可怕。

“旧一套是很怕你这个病，恨不得你快点死掉。今天不同，现在相信医药。”骑着小电车，孔老来去自如，还得意洋洋地转了好几圈。

近几年，红卫村附近建起了一些轻工业工厂。工厂里的工友们，见到这些村子里走出来老人们，很少再露出老人们年少时常见到的，带着厌恶与冷漠的神情。

“现在麻风病已经基本消灭了。我们出去买东西也没人害怕了，就当我们是一般残疾人对待。”时间充裕时，孔老用小电车会载着老伴，一同到远一些的大商场去逛一逛。

这十年来，孔老感觉没有什么不同。

老伴依然每日忙碌，自己也是按时按点地在村子的财务办公室上班下班。他已经年老，很少像几十年前一样出外参加各种宣传活动，他描述自己的生活时说：“平时大家偶尔出来聊一聊天，大部分时候都在宿舍自己看看电视，听听收音机。”

（文/张淼）

Chapter Ⅲ
千磨万击还坚劲

一朵永不凋零的铿锵玫瑰

1949年5月，武汉解放，武昌沿江大道马路两旁排成了水泄不通的“人墙”，陈庆芳与伙伴们结伴冲上街头，见到人民的子弟兵，他们军容严肃，步伐整齐，雄赳赳气昂昂地行进。家家户户门前摆着热气腾腾的茶水，墙上贴着墨迹未干的标语。全市欢腾，万人空巷，行军过处，爆竹声掺杂着鼓掌声，解放的消息霎时间传遍了大街小巷。

绿色军营的美好追忆

武汉解放后，新四军宣传队到武汉进行宣传演出，陈庆芳与同学一起前往观演。很多节目都深深刻在了她的脑海之中——《白毛女》中杨白劳和喜儿的悲惨命运让陈庆芳揪心；《血泪仇》中“共产党为人民寸步打算，八路军同百姓兄弟一般，好政府好军队真是少见，中国人全靠他收复河山”的唱词让她倍受感动；舞台上，战士们冲锋陷阵，英勇杀敌，牺牲时的快板戏让台下的陈庆芳热血沸腾……这一切使陈庆芳激动的心情久久不能平复。看完演出后，陈庆芳觉得做一名文艺战士是一件十分荣耀事的事情，“身着军装的文艺女兵是那么英姿飒爽”。她渴望能够像他们一样，在舞台上激励更多的人，为解放战争，为中国的解放献出自己的力量。

陈庆芳，1935 年 10 月 10 日生于湖北武汉，祖父为举人，在湖北天门开设私塾，教书育人。父亲时任武汉师范学校校长，虽生于书香门第，但受解放战争的年代环境的影响以及艺术的熏染，陈庆芳心中的满腔热血注定了她不会同父辈一般度过安稳的一生。所以，当她和同学在报纸上看到人民解放军第四野战军，中南部队艺术学院招生信息的时候，她毫不犹豫地报了名。当时，中南部队艺术学院设有戏剧、音乐、舞蹈三个系，喜欢跳舞的陈庆芳和她的 3 个朋友决定到舞蹈系碰碰运气。“皇天不负有心人”，当陈庆芳看到刊登在报纸上的录取名单上写有自己的名字时，她真想马上远离家庭，飞到部队去，专心学习自己热爱的舞蹈。一同去面试的四个人中有三人成功进入了中南部队艺术学院。

14 岁的陈庆芳在中南部队艺术学院开始了为期一年的集体生活，中南部队艺术学院开办之初设于克强中学，舞蹈系的女生全部住在一个大教室中，一人一铺，学习生活比较艰苦。没有练习室，操场便是他们的练功房，回想那段时光，最令陈庆芳印象深刻的，便是在大操场上顶着烈日训练的场景——烈日当空，空旷的绿草地上腰鼓声阵阵，少男少女青葱纤细的腰肢如柳苇般摇曳，额头上的汗水随着节奏肆意地挥洒，有时一练就是一下午。只有文化课、音乐课的时候大家才能待在室内上课。“那时候很能吃苦的，小孩子嘛没所谓的”，采访时陈庆芳说到。

1950年抗美援朝开始后，学员提前毕业分配至各军文工团。同陈庆芳一起考入中南部队艺术学院的两个小伙伴分别被分配到38、39军文工团，随后跟随部队前往朝鲜。而陈庆芳被分配到43军兼海南军区文工团。同年5月1日海南岛解放，陈庆芳跟随部队一路南下，她和十几个队友坐着发衣服的绿棚军车，经阳江、江门、湛江等地一路颠簸到达海南岛。在陈庆芳的想象中，海南岛是一座破败荒凉的小岛，但当她踏在宽阔的油柏路上时，发现一切是那么的新鲜，从此，陈庆芳在海南军区文工团长达8年的军旅生活正式开始了。

在这八年的时间里，陈庆芳跟随部队走遍天涯海角。“不论是有几千人的大部队，还是只有两个士兵的高山上，只要有部队的地方，我们就会去。”回忆起到东瑁洲岛、西瑁洲岛进行宣传演出时，陈庆芳格外激动。“去东瑁、西瑁洲岛要经过外海，我们坐几个小时的船才能到，当时那个风浪大的呀，我们吐的简直肠子都快要吐出来，战士们喊着：‘我不行了！我要去厕所！’在海上头昏脑涨，我们吐的都想要跳海！当时就感觉人好像魂都不在了，飘到海上去了”。陈庆芳声情并茂地描述道。上岛休息整顿吃过饭后，便开始演出：说快板、说相声，唱歌跳舞……因为岛上很小，没有可以住的地方，演出结束后便要启程往回走。这是令陈庆芳记忆深刻的一次演出经历。四处奔波的演出经历十分艰苦，但在没有娱乐设施的年代，文工团下部队的慰问演出的日子，便是战士们的节日。陈庆芳和文工团的战友也曾为了大军区汇演需要创作的新作品，深入五指山生活半个多月。

在四处演出的集体生活中，陈庆芳与邓焕燃逐渐相熟并相知相恋，“大家在一个团，便很自然的在一起了。”当被问起和先生在一起的过程，陈庆芳也记不清了。她只记得那时他唱歌，她跳舞，他们一起四处演出。在军营的集体生活中，婚礼也十分简单，得到领导的批准后，当天晚上演出完毕，回去买了些花生糖果大家一起热闹一下，便就这样过去了。

1958 年 8 月，中南海文工团解散，战友们有的回河南、有的回长沙、有的回北京……团里都会帮忙介绍到当地的文工团去。陈庆芳和丈夫及十几个战友被分配到广州军区政治部战士歌剧团，陈庆芳在团里表演歌舞剧兼舞蹈指导。陈庆芳自编自导自演的舞蹈《女游击队员》受到一致好评，著名作家、编剧梁信看完演出后很受启发，并借此题材写了著名的《红色娘子军》。

1959 年 6 月 1 日，第二届全军文艺汇演在北京中南海举办，这次会演是军队文艺工作者向中华人民共和国成立十周年的献礼演出。四大军区部队共聚北京，陈庆芳跟随部队前往中南海，她将参与表演歌舞剧《红色娘子军》。

在观看另外一场表演，陈庆芳和毛泽东主席有过短暂交流，这个场景被记者记录了下来。事后拿到照片的陈庆芳很是意外，她不曾想就在这不经意间却拥有了与伟大领袖毛主席的合影。陈庆芳将这张难能可贵的照片一直珍藏到了现在。

歌舞青春

当兵的前十年陈庆芳都没有回过家，第一次回家还是全军汇演结束后回广州路上请了几天假，才能够回家看看。第二次回家便是母亲去世，当时正要赶往河南演出的陈庆芳请了两天假，回家为母亲送终。

1960 年广州空军政治部文工团成立，需要领导组织人员，陈庆芳作为文艺老兵被调往该团任舞蹈部分队长进行组织指导工作，对招收的新学员进行舞蹈培训。来到空军文工团后陈庆芳已经很少参加演出，主要负责舞蹈指导以及组织工作。由于节目创作需要歌舞导演，各方面条件都很符合的陈庆芳被派往北京学习编导。也是因为这次的学习机会，陈庆芳有了一段令她一生难忘的经历。

有一天陈庆芳接到通知前往紫光阁见周恩来总理。当晚陈庆芳和十几个女兵来到紫光阁，陈庆芳回忆起当晚的情景“八点到紫光阁后我们自己跳了两个小时，都不见周总理，大家内心都很着急，想着周总理怎么还不来。”

十点多的时候，周总理终于来了。当时，坐在周总理旁边的是一位来自成都的女兵，陈庆芳坐在她的旁边，除了文工团的文艺女兵，还有一些医生护士。周总理便开始和大家交谈，询问大家的基本情况。

“洪湖水呀浪呀嘛浪打浪啊，洪湖岸边是呀嘛是家乡啊，清早船儿去呀去撒网，晚上回来鱼满舱，四处野鸭和菱藕啊，秋收满畈稻谷香，人人都说天堂美，怎比我洪湖鱼米乡……”周总理与陈庆芳伴着音乐翩翩起舞，跳到兴致上周恩来开口道："才饮长沙水，又食武昌鱼。" 下一句问到陈庆芳，顿时涨红了脸，低头惭愧地说，"总理，我不知道。"

"洪湖水呀长呀嘛长又长啊，太阳一出闪呀么闪金光啊，共产党的恩情比那东海深，渔民的光景一年更比一年强……"

周总理很关心人，到很晚的时候有几个医生护士还没排到，他知道大家一晚都等着希望与他共舞一曲，于是他便一首曲子跟一个人跳半场，在跟下一个人跳半场，所有人都要跳，最后还要问：大家都有跟我跳吗？所有人回应道，都跳了，总理早点回去休息。方才安心离开。

回去之后，陈庆芳跟老师同学说，"今天跟总理跳舞我丢丑了，总理背诗我没背下来。" 虽然跟大家当成笑话讲，但那之后，陈庆芳暗自下苦功，把毛主席所有的诗都背了下来。

新的起点新的人生

陈庆芳如今年过八十，在她身上却看不到丝毫暮霭沉沉的模样，她爱生活，喜欢交朋友，每天的生活忙碌而充实。她的全身散发着在老人身上难见的自信与优雅。

她去悉尼，最期待的就是到海滩上看"三点式"，和沙滩美女一起拍照。去香港迪士尼时坐过山车，大家都劝她说陈阿姨你不要做很危险，甚至有人说："你都七十多岁了，还坐什么过山车呀，不要开玩笑了。" 不服气的陈庆芳跳上过山车和一个马来西亚的女孩子并排坐着飞上了天。下车后，一个二十多岁的小伙脸色煞白，要几个人扶着走。陈庆芳还在旁边嘻嘻哈哈……她到内蒙古草原上骑马骑摩托，唱歌跳舞，在骑马时马受了惊，坐在后面的年轻女生摔下了马，陈庆芳蹬住马镫加紧马鞍握紧缰绳，在心里默念不要摔不要摔，在受惊的马背上颠了几十米，下马后手脚都流血了。遇到篮球比赛，陈庆芳在家里拿垃圾桶上面的环当篮筐练习，比赛的时候投进了十几个篮，她说投进球时听到大家欢呼的感觉比打麻将自摸还要开心。“我认定的事情就一定会去做，而且一定要做到最好。”说这句话时，我从她的眼睛里看到了坚定。

回首这一生，陈庆芳说：“我认为人生不是奋斗，而是抉择。在部队集体生活的 20 年，我把我的全部都献给了国家，那时没有时间考虑个人，心中只有党和人民。现在，我变得越来越有梦想，也做了很多很有趣很疯狂的事情。”她认为，一个人保持好奇心，有想法，拥有好的心态，是保持年轻的秘诀。她从不给自己设限，什么都愿意去尝试。

已过古稀之年的陈庆芳，仿佛一支永远都不会凋零的红玫瑰，她的一生都开得那么绚烂而精彩。愿这朵铿锵玫瑰，将她的芳香散发得更久、更远。

（文 / 隋明润）

迷失二进制世界

已经凌晨十二点了，周斌走出网吧的时候，寒风瑟瑟的大街上鲜有行人。他穿着单薄的衣服，缩着脖子走进一家看起来门面油腻的小饭馆，点了一碗牛肉面。今天是 2018 年 2 月 8 号小年夜，也是他二十三岁的生日。小时候，这一天是母亲会给他煮一碗打了两个荷包蛋的长寿面，也是他鲜少不去牌局的一天。如今周斌已经三年没有吃过母亲做的饭菜了。

三年前，他因为打架丢掉了父亲为他托关系找的一份住宅小区夜班保安的工作，父亲与他断绝父子关系，“你就是个丧门星！”是父亲离开时留给他的最后一句话。三年时间里周斌再也没有回过家。对于他来说，网吧就是他度过漫漫长夜的容身之处。

然而，此时他似乎没有多余的时间感慨过去，在即将到来的凌晨一点，某款游戏的某一擂台上将有一场角斗展开，周斌并不希望自己迟到太久。

“你这辈子都出息不了”

周斌记忆中的家庭，很少有心平气和的温馨画面。父亲常年在外地做承包建筑工程的营生，一年中在家的时间不多。父亲性格暴躁，而且嗜酒，喝酒后脾气更加不好。周斌小时候最怕父亲停了工程在家时的日子，他学习成绩不好，每每父亲喝了酒看他的作业，大部分情况下，都要狠狠地揍他一顿，“你这辈子都出息不了！”是父亲生气时常对周斌说的话。母亲鲜少关心他是否挨父亲的打，对于周斌来说，在母亲眼里除了牌桌上的麻将，没有什么比这更重要的了，包括周斌自己。

每年父亲在家的时间大概就三四个月，除去父亲出去喝酒、母亲打牌的时间，还有一部分是父母的“战争”时间，从天亮吵到天黑，从吃饭闹到睡觉，家里很难有真正安静的时间。

然而对于周斌来说，他并不关心父母吵架的原因，某种程度上，他还会喜欢这种争吵，因为在这种“战争”形势下，没有人留意他，这样他就可以溜到楼下的网吧打游戏了。

周斌第一次进网吧是12岁的时候朋友带他去的，那是学校附近一间“黑网吧”，学生们没有身份证也可以来这里上网。这家网吧的位置较偏，但来往的客人却不少，100平方米左右的房子里，密密麻麻排着四五列电脑，灯光很昏暗，墙壁也被熏得发黄，烟气弥漫的空间里总是坐着面对电脑屏幕满脸亢奋的人。实际上，像这样的“黑网吧”并不在少数。未成年的学生来这种网吧并不需要任何证件，所以只要是放学时间或者周末就会有学生样的人来这里上网打游戏，甚至上课时间也会有两三个穿校服的学生偷偷溜出来上网。

“我们是一样的人”

墙上的电子钟显示凌晨三点的时候，网吧里的人已经很少了，但是此时周斌热爱的游戏新开游戏区正是热闹的时候。新游戏区的开放意味着一轮新装备、新怪兽、新资源的分配。然而在这个拥有百万玩家，历经十年不衰的游戏中，各个游戏公会帮派争夺有限的游戏资源从来都是不变的主题。

周斌所在的帮会是这个游戏里排名很靠前的大帮会，拥有将近500人的队伍，而九年前他刚加入这个游戏帮派时，这还是一个不足20人的小队伍。周斌的游戏账号“孤城闭’从帮会建立以来就有不小的影响力，他的游戏角色是其中最受欢迎的剑仙角色，他流畅的技能操作、超高的暴力输出、最重要的超出一般人的游戏在线时间，让他在服务器里算小有名气，有不少人以“大神”称呼周斌来表达自己的仰慕。

指间的一支烟燃尽时，周斌刚好将对方的两个玩家一剑挑翻在地，耳机里响着豪情万丈的背景音乐，周斌看着“孤城闭”头上不断刷出的经验值与逼真的人物背景，听着队友对自己兴奋的高呼“万岁”，得意间不禁产生了一点电影里“英雄形单影只”的感慨。

周斌第一次接触到网游之后，他就很迷恋游戏给他的体验。游戏不仅有美观的画面设计，最重要的其中的人物打斗画面真实操作很流畅，引人入胜的情节让许多人都无法自拔。

在屏幕的二次元世界里，他是一个来去自如、潇洒肆意的剑客，对自己身体与思想有着绝对的控制权，在他眼里，山河湖泊没有他去不了的地方，妖怪魔鬼没有他搞不定的敌人。很多时候，他更希望游戏里仗剑天涯、所向披靡的侠客是真正的自己，屏幕里的那些高山湖泊才是自己真正生活的地方。游戏的世界更加纯粹，而这种纯粹令他着迷。这个二次元的世界里，没有过分的掩饰与束缚，只要遵守最起码的游戏规则，没有人有权力决定自己的安排，需要装备材料就一定可以在特定的地方刷出来，人民币玩家就可以碾压一般玩家，级别低的“菜鸟”就要向高级的玩家无条件服从，这是一个弱肉强食的世界，强者被高高地捧起，弱者必须通过不断的努力摆脱被秒杀的命运，这似乎与现实世界的残酷相似，却更加简单直接，而在这里属于绝对强者的周斌，也更喜欢这种凌驾的强者姿态。

某种程度上来说周斌觉得玩同一种游戏的人也是同一种人。中学时期，和周斌经常在网吧打游戏的是他的两个同班同学，还有几个是附近学校常来网吧的学生。有时候他们会去不用身份证的“黑网吧”，有时候也会找高年级的熟人的身份证，而大多数的网吧都是睁一只眼闭一只眼，不会计较太多。在学校里，他们是被老师自动归为“特殊人群”的学生，成绩垫底、顶撞老师、打架抽烟，家长也是学校学生处的常客。

同学 A 是单亲家庭，和父亲还有奶奶住在一起，他父亲常年在广州打工，每年大概回来两次，他由奶奶带大。而同学 B 的爸妈经营着一家小饭馆，每天过着朝五晚十的生活，很忙碌，甚至每次开家长会，B 的家长都是最后一个来或者干脆不来。周斌很乐意和这些人待在一起，他觉得他们和自己是一类人，“都是‘没妈管的娃’，互相嫌弃不起来”，这是周斌每次见到他们时候会想的话。

在一起打游戏的几个同学里，周斌一直都是技能最厉害的，从初中到高中几年时间，征途、魔兽、仙剑、CS 等许多游戏，周斌从最初笨拙的操作键盘，到后来在一个游戏区里小有名气，用了不到两年的时间。他喜欢那种酣畅淋漓的挥刀踢腿的感觉，最重要的，由于自己厉害的操作，游戏里总有人以“大神”称呼，每次在游戏里说一句话，总有人应和。他喜欢，甚至迷恋这种“一呼百应”“受人敬仰”的无所不能的感觉。

“（周斌）他打游戏跟中毒了一样，一天下来都不眨眼不挪窝的，当然最厉害了。”连 A 和 B 都觉得周斌只要开始打游戏，人就很精神，眼睛都是红的。自己坐在电脑前五六个小时就有点腰酸背痛，还流眼泪，但是周斌每次都是越来越精神的感觉。周斌平时几乎所有的零用钱、大半的午餐费，都用在了网吧和游戏装备上，几年下来人不仅消瘦，还有浓重的黑眼圈，使他整个人看上去有些萎靡不振，在朝气蓬勃的同班同学中很扎眼。

“我不要复读”

2010 年夏天，从中考考场出来后，周斌就一头扎入网吧里，除了深夜回家睡觉，没有去过别的地方。当父亲拿着中考的成绩单将周斌从网吧里提出来时，他已经在游戏里厮杀了十几个小时，此时的周斌双眼通红，乱糟糟的头发，看着十分狼狈。

周斌的中考成绩实在是惨不忍睹，连上最次的普通高中都还差几十分。父亲让周斌复读，但是他只是低头说：“我不。”于是，那个夏天，家属院的居民经常可以看到父亲扯着周斌的衣领将他从网吧里拖出来，有时候父亲还会黑着脸在儿子小腿上踹两脚，然后叼着烟、叹着气走回家去。周斌也不动声色，他常常一个人蹲在院子里的大榆树下面整整一下午，有时候扒拉着地上的石头，有时候呆呆地一动不动，像是在想什么事情想得出神。近三十度的室外，北方正午的阳光又毒又烈，周斌的脸被烤得通红。院子里的邻居有时看不下去，走过去劝道：“听你爸的话，复读一年吧，你现在这么小可以干什么？”周斌总是低头不语，仿佛不屑于与其搭话，但有时被逼问得急了也会头也不抬地不耐烦道：“你不懂。”然后再也不出声了。

周斌平时最怕父亲，然而这一次周斌在父亲的怒气前，周斌却显得格外勇敢和倔强，无论父亲如何“威逼利诱”，他只重复着一句话：“我不要复读。”在周斌的心里，上学对他来说是另一种浪费时间的方式，他听不懂也不想听那些公式理论，他也不想听到老师因为成绩骂他“没脑子”时全班轰然的笑声。“如果在游戏里，我早就将他们团灭了”，每次周斌都在心里这样恨恨地想着。复读，意味着他还要回到那间他厌恶的教室里，听着周围人不耐烦的嘲笑，忍受他们不屑的眼神，在他心里，他更愿意父亲放自己去打工，这样他就可以自己支配时间和钱。

但是，他没有对父亲直接说出自己想要辍学的想法，因为他不敢，每次看到父亲瞪圆两只眼睛，周斌就什么也说不出口。父亲一直想要他好好上学，他怕父亲知道了他的想法会更加气急败坏，不仅是被踹两脚那么轻松，甚至直接把他扔到复读班也未可知。周斌觉得这样耗着，等到父亲没了耐心和精力，他要去外地工作时，自己就有机会不上学了。

父亲最终是没有把周斌送进中考复读的课堂里，但他还是托人找了许多关系，费了九牛二虎的力气将周斌塞去了市里一所普通高中里。“拿不到高中毕业证，你就给我滚出这个家。”这是父亲的原话，听完这句话后，周斌没说一句话，背着书包又开始了三年的高中生活。

周斌所在的高中是市里排名靠后的普通中学，里面的学生多是一些比较顽劣的少年，因此学校校风较为糟糕，老师对一些学生的态度更接近于“放养”，这样的环境里，学生们的胆子也大起来了。

周斌进出网吧的次数越来越频繁，甚至期末考试期间还会去学校门口打游戏。他常常为了游戏逃课，有好几次都是班主任亲自打电话给周斌家里，母亲和老师两个人去学校周边的网吧，一间一间地找周斌。有时父亲在家，会提着家里一条老旧的皮带去找周斌，看到人后二话不说，就上去铺天盖地地抽一顿，连旁边的老师也劝不住，而周斌除了拼命地护住脸，也一言不发。过了几天，依旧会出现在某个网吧的一角。

“敢乱来打断你的腿”

2013高考成绩出来后，周斌的分数达到了三本线，这让已经准备放弃的父亲很意外，在院子里和邻居说笑时的声音都洪亮了不少。开学前，父亲和母亲一起将周斌送上火车时就说了一句话："给老子好好上学，敢乱来打断你的腿。"而周斌依旧一直低着头没有说话，他不是不想说，只是不知道说些什么，他和父母从来都是无话可说的样子。

周斌的学校是一所三本的财经类学校，他学的专业也是在父亲坚持下选的金融财经，周斌并不喜欢。填志愿的时候，父亲手中夹着香烟，站在周斌身后，语气有点生硬："撞大运考了个本科，有个这样的专业，以后饿不死，我说什么就是什么。"

大学对于周斌来说，并没有太大的期望和惊喜。周斌不爱说话，和室友的关系勉强过得去，其他三个室友都是本地人，相互之间更聊得来，与周斌疏远些。周斌刚开学时与他们吃过几次饭，那三人聊得热火朝天，但是周斌坐在一边总觉得插不上话，没有与游戏中的那些队友组队刷怪时聊得畅快，于是慢慢也就很少交谈了。后来连在宿舍里也说不了几句话了。周斌也没有加入什么学生社团，除了游戏，他觉得自己没什么感兴趣的。大学唯一让他满意的就是，可以正大光明地在校门口的网吧打游戏，而且不用担心有人来打扰。

更为自由的时间安排下，周斌从之前少数人组队刷本，变得倾向于较大规模的团战，就是几大帮派之间除了副本怪兽的争夺之外还会有互相之间的攻城拔寨，这种团战在前期一般需要较为周密的战术布置与人手安排，上层的领导者要花费的时间就更长。周斌很多时候都有一种自己是一个驰骋疆场、胸有万千谋略的大将的感觉，很长一段时间里，他走路吃饭想的都是哪种职业的角色搭配起来会发挥更大的伤害值。周斌时常会精神恍惚，譬如走在路上的时候看到茂密的绿化林，他会觉得有什么隐藏 NPC 藏匿在里面，门口永远穿着制服的保安在他意识里就好像是一串固定的代码组成的游戏角色。

周斌自从入学以来没怎么上过课，除了在宿舍吃饭睡觉，大部分时间都泡在学校外的一家网吧里。因为长期缺勤，学校给了周斌通报批评的处分，还专门打电话到周斌家里。

那天夜里，周斌正在网吧和一个玩家打得如火如荼，父亲的电话打进来，周斌看了一眼，心里隐隐有些不安，但还是挂掉了电话，坚持磨光了正在 PK 的玩家的血皮后，才点着一支烟，走出门口回了一个电话。

周斌还记得那天父亲一接电话，什么也没问，就是一顿劈头盖脸的骂，周斌静静地听着，一句话也插不上，最后父亲说着："你不好好学，给老子在外丢人，就别回来。我看你平时日子过得太好，就是钱多烧的。"就挂了电话。很久后周斌才想起来他本来想告诉父亲，自己两个月前在水房摔断了腿，现在已经快痊愈了。

此后的三个月，周斌的生活费果真少了三百块钱，他也没有打电话闹过，每天三顿饭改为两顿，饿了就买泡面，饿得整个人面黄肌瘦的，就是为了省出钱来上网。

"我上辈子做了什么孽"

临近 2014 年的暑假的一个晚上，周斌和几个同学在外喝了点酒，凌晨时分没有回宿舍，而是跑去网吧，因为那一晚约好了与别人 PK。周斌喝得有点多，坐在桌子前打了两把游戏就有点头晕，起身准备去厕所的时候，不小心撞到隔壁桌上的水杯，淋湿了别人的手机。熬夜打游戏的人正是亢奋的时候，周斌又喝了不少酒，不知道是谁先挥的酒瓶，两人不分青红皂白地打了起来。酒精使人失去理智，游戏里玩家间的 PK 不会有任何损伤，然而周斌似乎忘记了，眼前的人并不是游戏里的 NPC。

第二天辅导员来医院的时候，周斌手臂吊着纱布，和他打架的人头上被缝了七针。这次学校没有再给周斌留校察看的机会，直接给了一张劝退通知。

周斌回到家，母亲看着狼狈的周斌，走上前来扇了他两个巴掌，就再也没有说过一句话。期间父亲打过来一个电话，只说了一句“我上辈子做了什么孽，养了你这么个丧门星”。

整个夏天，周斌一直无所事事，除了在网吧打游戏就是在家睡觉。秋天的时候，父亲工程完结，回了家。一回家，他就将周斌拽去了一个熟人开的商场，他在那里的商场给周斌求来了一份保安的工作。父亲自己也知道，周斌不是读书的料，现在也只能给他找一份糊口的工作。

然而，周斌在商场还没干满一个月又出了事情。因为与商场一个业主产生矛盾，周斌敲破了对方的头，还砸了业主的玻璃柜台，就像游戏里一样，看不顺眼的人可以不多言一句，挥剑就行，砍玩家，抢装备，毁城池，最后游戏世界的榜单上是自己光辉的战绩。但是这次业主进了医院，周斌也进了拘留所。父亲那时正准备再次去天津开工，临上火车时听说出了事，又急匆匆地赶回来。他给伤者赔了几万块的费用，道了歉，然后去看守所将周斌保释出来。

那时候已经是十二月的寒冬，路上还有未扫干净的雪，寒风瑟瑟的，街上行人鲜少。周斌跟着父亲从派出所出来，默默走了一段路，在一个街角转弯的时候，父亲突然转过身来，狠狠地向周斌肚子踹了一脚，周斌被踹得坐在地上，一动也不敢动，默默低着头。

父亲脸色很差，大冷天里，额头上却有豆大的汗珠，他转身看着坐在地上一言不发的周斌，语气僵硬地说着："我俩以后没有任何关系了，你饿死、冷死也别来找我，我就当没养过你。"说完就顶着寒风消失在街头。周斌没有动，只是坐在地上，一根接一根地抽着烟。

周斌身上本来就没多少钱，母亲找到他的时候，他已经在一家网吧过了几个通宵，身上只剩一碗泡面的钱。

"你回不回家？"周斌和母亲站在寒风瑟瑟的街角说话。

"不回去，他会打我，他说不认我了。"周斌沉默了一会回答。

"你不回家自己过不下去。"

"我回家也过不下去。"

如今周斌离开家已经三年了，他只有高中文凭，在一家小网吧里做夜班网管。网吧提供住宿，就是工资少得可怜，老板是个中年人，脾气有点暴躁。

这期间，母亲来找过周斌几次，想劝周斌回去，好好找一个工作，然而周斌说什么也不回去，只是重复着当初那句话："我回家也过不下去。"他不知道自己是不愿意认错，还是根本不想看到父亲的脸。有时候想起家时，想到父亲时他总觉得恍惚间有些陌生，对自己的亲生父亲感到有一种莫名其妙的陌生与惧怕。

而现在这份工作，可以让他不掏额外的上网费用，长时间地上机游戏，对他来说，是最好不过的了。

再次走出网吧时，东方的天空已经慢慢泛起鱼肚白，寒气逼人的北风里，周斌的手脚被冻得发麻。他缩了缩脖子，路边的早餐店里响起《回家》的曲子，周斌站在原地听了一会，一时间有些发愣。不一会儿，他吸了吸鼻子，慢慢走进依旧漆黑一片的街角，心里默默盘算着今晚组队一起刷 boss 究竟需要多长时间。

（文中人名均为化名）

（文 / 郭瑾）

那些年

1

1957年3月的某日：

办公室里，阿南欣然拔开了手中钢笔的笔盖，扭开了放在桌子角落的墨水瓶子，不紧不慢地把笔头沉入墨汁中，再轻轻地反复挤压着笔囊，在的他眼中，时间仿佛也慢了下来。

作为一名银行会计，阿南无时无刻不在誊写着银行的账单，做着耗费脑力的计算，有时候为了保证计算无误，阿南甚至会反复拨弄算盘，写满好几页草稿，方才合上一本账簿，但是另一本账簿又在等着他。

对于阿南来说，在办公时间中，他最期待的不是上司的询问，不是同事的搭话，也不是那遥不可及的下班时刻，而是他钢笔停墨的那一瞬间。每当墨水用完，就意味着他终于在堆积成山的工作中

“博得”了一丝闲暇。扭开钢笔吸墨水的时间，是阿南最放松的时刻，不仅可以回顾一下先前完成的工作，在其中找找成就感，还可以放空自己发热的大脑，享受片刻的宁静。

但是就在这时，身边的同事突然拍了阿南的肩膀靠了过来，阿南先是一惊，然后瞪了过去，脸上写满了不悦。同事并没有注意到自己打搅了别人的最享受的时刻，接着就开口聊了起来：“诶诶，你听说了吗，我们区新转来了一个书记，好像是从北方南下的，传闻不仅人挺好的，办事效率还特高……”

阿南随声附和着，压根不屑于了解这跟自己一点关系都没有事情，只一心想着擦干净钢笔头残留下来的墨水，然后再次回到漫无止境的工作当中。

他应该从未想过有一天他会跟这个新书记碰面，他更不会想到他们碰面时是什么样的场景。

阿南下班回到家，瘫坐在他心爱的椅子上，随手拿起了报纸。无所事事地翻看着最近发生的事情。“……陶铸在会上做报告，强调指出毕业生参加劳动生产是光荣的，不是‘大材小用’……”读着，阿南不禁叹了声，“最近有点不太平啊……”

2

阿南又在办公途中又遇见了阿碧，与她交谈片刻就挥手告别了，毕竟公事不能耽误。但尽管是短暂的相遇，这也为阿南后续的工作添了不少动力。

阿碧是另一家银行的女职员，她1951年与阿南便相识，两人感情一直很好。不过，但凡旁人问及两人的婚事，阿南往往都是含糊带过。他想着，自己有一份稳定的工作，再慢慢拼搏个几年，底气足了，再结婚也不迟吧。

在去银行上班的路上，阿南路过熟悉的街道，感觉街上少了几分闹意，阿南没有多想，只是下意识地加快了脚步。

眼看就快要走到自己的办公室了，门前的一张公告让阿南停了下来。“……11月21日至12月5日中共广东省第一届代表大会第二次会议在广州召开。会议部署社会主义教育、整风和反地方主义等工作。……会议原则同意省委《关于紧缩机构，精简编制，减少脱产人员，动员干部到劳动生产战线上去》的报告……”阿南用着批改账簿的速度读完了最上面的一张纸。

几个短短的关键词，让阿南猛然回想起几个月前他就已经在报纸上读到了不少突发事件，以及当时中央关于“整风运动”的激烈讨论。当时的阿南只把这些当过眼云烟，自己工作很稳定，只算是个小干部，又是在南方，这些政治运动哪会轮到自己头上。

还没来得及为自己当时的天真感到后悔，他把视线往下一挪，就看见了自己的名字。阿南不禁一颤。视线赶紧再往前追溯，四个大字映入眼帘：下放名单。

这当头一棒，让他在公告栏前愣了许久，近在咫尺的自己熟悉的办公室，现在在他眼中似乎遥不可及。

3

那时工作的人不像现在的人说来就来说走就走，也很少听到“跳槽”一说，每个人都只能服从安排。

当时一般的行政单位基本都要“精简”机构，“裁减”干部，这一减就是二分之一，有的单位甚至被减到罚剩三分之一的干部。而这次的公告明确表示：下放长期当农民，不再回原单位。

不得不接受现实的阿南得知自己被分配下放到岑村（广州天河区），对于他来说，岑村说远不远说近不近。可当他问及阿碧此事，她却说自己要被下放去到宝安（深圳西北），这对阿南无疑是个不小的打击。要知道，对于当时的交通、通讯而言，这两地已经相隔甚远了。阿南首次意识到了，以前的那种两人隔日便能相见的时光，一去不复返了。

不久后，两人只得草草办理了结婚手续，选在元旦当日，邀请了几个亲人好友，简简单单吃一顿，就算是结婚宴席了。在毫无喜庆气氛的唏嘘的祝贺中，两人算是走完了这个仪式。脸上虽然带着笑容，内心却沉浸在后悔与无奈的纠缠之中。

结婚刚满一个月，在 1958 年 1 月 30 号那天，阿碧就被下放去了宝安，时间没过多久，那时“大炼钢铁”兴起，阿碧又被调去了粤北的钢厂。这次两人真可谓是“天南地北”了。

两个月后，3 月份，阿南被正式通知下放了。几天后，他所属银行的一批“准农民”整装待发，阿南也在其中。因为是去当农民干农活，阿南也没有准备很多东西，只带了一些日用品，还有那只陪伴他工作多年的钢笔。

前面一群人匆匆上车，后面一群人敲锣打鼓，喊着“欢送”的口号，举着“光荣下放”的旗帜。

阿南在车上摸着自己胸前口袋的钢笔，也只有这样，才能让他在这气氛中寻找一丝慰藉。

4

干部们已经被下放了一年之久，有些人始终无法适应农村的生活，被下放的干部大多被称为“三门”干部，何谓“三门”？“三门”就是从“家门”到“校门”再到“事业单位的门”，这实际上指的就是那些从未接触过农业的，未经历过农村生活的人。

当时因为这些人闹出不少笑话，有的人把禾苗当韭菜，还有的人拿不起锄头去耕田。这样的下放干部，实际上是不太受农民们待见的，干不了活还白吃饭，每个月还要发钱给他们，这让农民也很无奈。

阿南出生在广州的增城，那儿是个农村地方，有水有田。作为一个农村出身的人，阿南面对这种生活还算适应得快。可是，毕竟也是多年习惯在办公室里干纤细活的人，一年多下来，手上不仅长了茧，而且都已经掉过不少层皮了。

之前有一天早上，阿南起床洗漱后，不停地寻找自己工作的公文包，找了老久才反应过来，自己现在已经不是会计了。刚开始下放的那段时间里，阿南也还是会习惯性地在出门前梳理打扮一下，可是他慢慢地发现已经没有这个必要了，不管之前是大干部还是小干部，到了田里谁都一样，无所遁形，更没有好不好看一说了。

阿南毕竟是农村出身，自己也有练习游泳，身体比起其他下放干部要好上几番，样样农活都做得来。有的时候阿南插起秧来，甚至比那的农民都快。不过，因为下地穿的是短裤背心，一年多下来，阿南已然全身被晒个通透。要是没人说他是下放干部，其他人压根认不出来。

日出而作，日落而息的生活让阿南找到了些许充实感，这也稍微缓解了之前的生活剧变给他带来的冲击。可是每当回到寝室，看到自己桌子上那只尘封的钢笔，阿南都会不禁沉浸于往事当中。再度执笔时，阿南感觉钢笔似乎小了一圈，仔细想想才明白，不是钢笔小了，是自己的手农活干多了长了茧、变粗糙了。

5

阿南全然成了一个农民，他已经很少沉浸在对过去的回忆中。也只有他为了写信给家里人而抓起他桌面那只钢笔的时候，他才会偶尔追忆一下那似乎已成身外之物的旧时光。

阿南不管干啥都认真卖力，大家对他印象也非常好。有一次一批干部来视察，想去莲花山参观，有人知道阿南会划船，水性也比较好，就推荐阿南去为他们划船带路。阿南站在那批干部身旁，内心也不会像以前一样有那么多波动和思绪了，现在的他只想着本本分分地完成这次任务，然后回归平常生活，没有更多的祈求。

不过这次的事情，传到了不少人耳中，再加上大家对他的印象本来就很好。他的工作环境从田里便到了水上，阿南成了一个船工。

对阿南来说，虽然工作并没有轻松多少，不过这终究是个改变，不至于让自己的生活继续麻木下去。于是乎阿南抱着久违的新鲜感开始了新的工作。

阿南没有什么特别的过人之处，只是不管在哪，他都会认真卖力工作，这也让他处处受到好评。长时间的船上工作让阿南积攒了不少开船的经验。慢慢地阿南所运输的东西，从一袋袋肥料沙石变成了一批批人。

载人渡河的时候，阿南发现里面有不少是和自己一样的下放的干部。这让阿南产生了些许好奇。不过他没有多问，只是有意无意地听着他们的交谈，似乎最近中央那边开始召回了一些下放的干部。这时候的阿南不敢多想，刚刚换了一份工作对于他的生活来说已经是莫大的改观了。脚踏实地对于现在的他来说是第一宗旨。

6

刚载完一批人上岸的阿南在岸边喝着水，突然有人拍了拍他的肩膀，阿南差点没有被呛到。还没等他反应过来，后面的人就开口了：“我看你学东西挺快的，水性也好，我们想安排个时间让你去考个轮船驾驶证。”原来说话的是领导，阿南明白这是对他的提拔，他赶忙道谢，然后送领导离开。阿南不敢太引人注目，只是暗地里握了一下拳，向河的那边看去。

考试的日子不知不觉就来了。岸边，一艘“红星客轮”凛然出现在阿南眼前，要知道，能亲自驾驶这艘船不知是多少船员的梦想，阿南不免心潮澎湃。虽然是在陌生的河道上考试，但凭借着自己的经验与胆识，再加上能驾驶“红星客轮”的激昂情绪，他顺利地完成了考试，并取得了驾驶证。

那段日子里，越来越多下放干部被召回了，阿南也运载了一批又一批回广州（当时的人把城市内的范围称为广州）的人，不知道他名字的都亲切地叫他“舰长”。阿南清楚，自己也应该很快就能回去了，不过那时整个农村里面只有他有轮船驾驶证，他必须得等所有的下放干部都运送离开了之后，自己才能回去。

当时的白云区水电局买了一批无动力水泥船，想要让这些船运作，必须要有机动船的牵引，所以白云区水电局准备造一艘新的机动船。得知当时整个白云区里只有阿南持有机动船驾驶证，他们找上阿南，向他询问造船的建议，并明确表示这艘船将会让他来驾驶。

阿南看到了希望，如果没有差错他应该可以在水电局工作，尽管是开船，这也比以前好了不知道多少了。

7

离开了农村之后，阿南就去到了水电局的船厂监督造船并开始了他驾驶开机动船的工作。

从船上下来回到自己寝室的途中，办公楼是一个必经之处。每次经过这里，阿南总会放慢脚步，时不时地向里面瞥一眼，看到里面人们忙碌的样子让阿南仿佛置身其中。

阿南为人和办事的态度依旧受到了水电局里人的好评，“舰长”这个称呼也被沿用了下来。当时水电局需要大批的泥沙来做水利工程，阿南作为机动船的驾驶员责付出了不少贡献。

有一天领导在他下班的时候找上了他，说：“你是干部，不能长期把你当开船工人用，等以后找到驾驶员就把你调回机关里当会计。”听到这句话，他这次终于忍不住欣慰地笑了出来。

阿南赶忙回到了自己的房间，唰地拉开了抽屉，把他的“老朋友”取了出来。他拨开了心爱钢笔的笔盖，扭开了桌子角落的墨水瓶子，不紧不慢地把笔头沉入墨汁中，再轻轻地反复挤压着钢笔的墨囊，他享受着这仿佛静止的时间，沉浸在久违的幸福感里，然后在信纸开头写道：阿碧，我就快要回来了……

（文中人名均为化名）

（文／徐小亮）

天堂的守门人

“殡仪不是别的，我们在葬礼上所做的一切，乃是为了我们的生活免于寒冷、免于空虚和无意义，免于嘈杂的胡言乱语和彻底的黑暗。是我们表达惊奇、痛苦、爱和欲望，愤慨和狂怒的声音，是熔铸成歌曲和祈祷的话语。”

——托马斯·林奇《殡葬人手记》

二姨在殡仪馆工作，是一位遗体整形师，负责修复受损遗体。初入这一行时，她只有20多岁，带着农村人的无知无畏，独自一人来到大城市寻找机会。20年后，她已经从工作岗位退休。20年间她修饰了无数逝者的身体和容颜，见证了太多离别和死亡，也悟出了自己的生命哲学：“好好活着就行，不要去想那么多。死后大家都一样，都只是一抔灰。”

生活所迫

也是大约20年前，二姨的丈夫喝农药自尽，对原本就捉襟见肘的家庭无疑是雪上加霜。二姨只能狠下心将一双儿女丢给外婆照顾，独自一人去了武汉，想着不管什么脏活累活只要给钱都做。然而，在武汉，连餐厅招服务员都不愿意要只有小学文凭的二姨。好在从小没少干农活，健康有力的身体让她终于找到了一些挑石头之类的出卖体力的临时工作。慢慢地攒下一些钱后，二姨买了一辆脚踏三轮车，做了人力车夫。可是别人看她是个女人，觉得她力气不够，都不愿找她，只有一些别人不愿接的活才能轮到她。有一次就是要送客人到殡仪馆，别人都忌讳不愿去，二姨却一口答应下来。在生活面前，什么忌讳都被抛之脑后。也正是这一单活儿，改变了她之后的生活轨迹。到达殡仪馆后，无意间知道这家殡仪馆正在招人，包吃包住还有工资，让一直四处奔波的二姨动了心。那时候根本没人愿意做这一行，所以即使什么都不懂，二姨还是顺利成了汉口殡仪馆的一名正式员工。

“以前没做过吧？跟我一块去穿个衣服，只要做过一次你就不会怕了。”第一次工作，遇到的是一具死于车祸的遗体。见到遗体的第一眼，说不怕是假的。但是想到两个孩子，就没有了退缩的余地。就这样，二姨哆哆嗦嗦地，在前辈的带领下完成了遗体的清理、缝合和穿衣。慢慢的，二姨开始觉得，“整理完之后，你看到他和之前的样子完全不同，让他的家人能够见他最后一面，就感觉自己的工作还是有用的。”这份成就感也让她不再害怕这份工作。

在武汉站稳脚跟后，二姨将更需要照顾的小儿子带到了自己身边，女儿则依旧留在外婆家上学。本意是为了更好地照顾儿子，但是却因为工作忙碌没有太多时间好好教育儿子而适得其反。进入青春叛逆期的儿子结识了不少狐朋狗友。“他三天两头就出去鬼混，喝得醉醺醺地回来后又睡上两天，酒醒后又跑出去。我是真的担心他出事，就问他到底想怎样，他说他不想读书了。那好，不想读书就跟着我做事吧。”那时候她的小儿子，也就是我的表哥还小，什么都不能做，只能跟着别人学吹萨克斯，在葬礼上演奏哀乐。接触新鲜事物让表哥感到快乐，并且能够拿到自己赚的可以随便用的工资，也就开始踏踏实实工作。可是随着时间的推移，每天都做着同一件事，吹同一首哀乐，见证大同小异的哭泣。在这沉寂的工作环境里，整天面对着永逝与悲痛，表哥开始厌烦：“刚开始别人哭我也想哭，渐渐的别人哭我不再激动，到最后我没有任何悲伤，只感到烦躁。每次都是面无表情地看着别人痛苦，想挤出一滴眼泪，表达一丝同情，都是那么难。那时候，我害怕自己变成一个冷血的人，不开心地活着，也不害怕死去。我不想每天都面对死人，我想过更精彩的人生。”之后表哥又回到了之前无所事事、醉生梦死的生活，二姨又开始整天担心他的安危。

2015 年 2 月，10 年前就被武汉市政府列入搬迁计划的汉口殡仪馆，正式迁至更加偏远的黄陂滠口，服役 72 年的老汉口殡仪馆正式退出历史舞台。虽然新的工作环境更宽敞、更先进，但是员工却没有了统一安排的住宿。新殡仪馆附近也没有任何住宅区，二姨在较远的村子里租了一套主人早就不住了的房子。虽然房子离市区很远，生活上有些不方便，但是房主说周围的土地可以随便使用，这让农民出身的二姨很满意，当即决定租下来。但是也让原本就不怎么着家的表哥更是不愿回家。二姨也由他去："孩子大了，你想管也管不住了，他想做什么就做什么吧。"不久后，表哥就带着女友来到二姨面前，想让二姨去女方家提亲。"只要他能好好生活，只要我能做到的，我都可以做。"应女方父母要求，二姨拿出了全部积蓄，并四处借钱，为儿子付了房子和车子的首付。一方面想帮两个孩子成个家，另一方面想让车房月供的压力逼儿子回到正轨，好好生活。好在除了让人操心的儿子，二姨的女儿一直在家好好上学，在大学毕业后找到了一份不错的工作，之后又有了美满的婚姻。二姨一方面为女儿的懂事感到欣慰，一方面又愧疚于对她的照顾太少。害怕儿子女儿受委屈，二姨一直孤身一人。在儿子女儿都长大成人之后，二姨也找到了能够互相扶持的另一半。二姨夫也是在殡仪馆工作，也是丧偶，也有已经成人的儿女，两人就这样一起搭伙过日子。不管经历过多少苦难，二姨说话总是带着爽朗的笑声，似乎生活中没有什么能让她真正感到难过的事。

今年二姨达到退休年龄正式从工作岗位退休，和还没退休的二姨夫一起住在租的房子里。闲不下来的二姨将房子周围闲置的地都种上了时蔬青菜，还养了十几只鸡鸭，准备给将要生产的女儿送去。此外，还养了两条狗和几只羊。孙子已经学会走路，正在学说话，正是对这个世界充满好奇的时候。二姨每天追在到处跑的孙子后面，听着孙子口齿不清的"奶奶"，就感到了莫大的欣慰。等孙子累得睡着后，二姨整理一下土地，摘点青菜做饭，再牵着大大小小的羊去晃悠一圈，找个杂草茂盛的地方让羊吃饱后再牵回来。生活似乎又回到了原点，回到了在老家每天种地放羊的日子，安稳平静。

承受偏见

有人觉得殡仪工作者非常神圣，是连接生死的使者，是阴阳两界之间的摆渡人；但是也有人觉得他们每天与死者打交道肮脏，选择远离。其实对他们来说，这只是一份工作，就和其他工作一样，用来养家糊口。所以不用强行拔高，但也没有人们想得那么黑暗。

人们害怕死亡，所以也忌讳一切与死亡有关的事物。二姨自从在殡仪馆工作后，就很少回到家乡参加亲友的婚礼、满月等喜事，因为她怕人家觉得她晦气。她也不主动跟人说起自己的工作，不主动跟人握手，并不是觉得自己的工作丢人，而是怕别人介意，不想引起不必要的麻烦。二姨说以前有时要上班迟到了，想打个车都不能说去殡仪馆，只能远远地就下车然后走过去。这些都还好，更重要的是从事殡葬服务的人很难找到伴侣，很多人还是很忌讳和这一行业的人打交道，更不用说是结婚，所以基本上都是“内部消化”，谁也不嫌弃谁，二姨和二姨夫就是这种“内部消化”。在世人眼中，救死扶伤的医生令人尊敬，但让逝者带着尊严离开人世的他们却是不祥的。

除了生活方面的困扰，在工作中也常被人责骂。据二姨说，正常火化的遗体，烧出来后是完整的骨架形状，他们再进行扫灰，将骨灰收集到骨灰盒里面交给家属。除了少数因为药物残留或者饮食习惯等原因导致骨灰颜色有变化，一般都是纯净洁白的。但这有时并不被家属理解，甚至会变成家属闹丧的理由。还有的家属对骨灰重量估计不准，认为殡仪馆偷偷收集了剩下的骨灰牟利，在殡仪馆闹事，要求交出剩下的骨灰。“你说我们要他们的骨灰干吗”，二姨对这些偏见充满无奈。

于普通人，殡仪一度被视为一个赚黑心钱的暴利行业。在谈到工资时，二姨说：“其实没有外面传的那么多，和多数人一样，我们也只有普通的几千块钱。也有人是上万的，但是哪个行业没有赚得多的人呢？”在工作的时候，二姨每天起床闹钟时间定在4点20分，因为住的地方离单位比较远，路上要骑近一个小时的电动车，6点前赶到殡仪馆，开始一天的工作，然后一直忙到下午1点才能下班。全年只有春节的七天假期，而每月的工资在交了“五险一金”之后也只剩下三四千块钱。二姨工作了近二十年，所有的积蓄只够付武汉一套不大的房子的首付。他们不像外界传言的那样有灰色收入，“我们不可能收红包，又不能让死人复活。”

二姨的工作也有一些福利，比如每修复一具遗体可以得到一个洗漱包，里面包括一条毛巾和一块香皂。我记事起，就没看到过家里买毛巾和香皂，每次用完了，又从二姨处拿回来很多。即使是亲戚都用二姨的香皂盒毛巾，积攒的洗漱包还是用不完，她就会拿到市场上去摆摊处理，每个月的小菜钱就够了，这也成了二姨的一项工资外收入。

还有一项福利就是单位会一年组织一次员工旅游：“单位就是怕我们心理压力太大，通过这些旅游活动来给我们减减压。然后就有些人说我们不该公费旅游，就取消了。”

每次临近清明，都会有不少网友吐槽殡葬太贵，墓地太贵，各种新闻媒体也加入抨击殡葬乱收费、腐败的行列中，“远离腐败暴利，殡葬才能清明”“挤破殡葬乱象上的腐败暴利”等相关报道层出不穷。人们看到了相关报道更是坚信殡仪馆赚的是黑心钱，发的是死人财。殡葬行业属于特殊行业，因为涉及防疫、治安等因素，需要特别监管，所以现在绝大多数的殡葬服务都是事业单位。

殡葬服务虽说是事业单位，却是自负盈亏的体制，这种体制使殡葬事业单位游离于事业单位和企业单位之间。他们既要履行公共管理职能，又要满足公益服务要求，还要参与社会竞争。在履行社会公益服务方面，殡仪馆需要减免特困户、城市低保户、无名尸体等的丧葬费用。为了满足这些公益服务要求，不少殡葬事业单位不得不提高价格的方法来弥补费用不足。

见证生死看淡生死

“好好活着就行，不要想那么多。死后大家都一样，都只是一抔灰。”触摸了太多冰冷的遗体，目睹了无数次生离死别，二姨也更加珍惜生命：“在外面吃完饭喝完酒以后呢，我们宁愿走路都不会骑车，说不定下一个躺在那儿的就是你。”虽然二姨看惯了死亡，但对于非正常死亡，比如酒后驾车身亡的年轻人、工地上不戴安全帽被砸死的工人、一时想不开就自杀的人，她都感到不值。平时如果看到过世的是七八十甚至上百岁的老人时，二姨都能坦然地面对，但是有时也会看到年龄很小的孩子，这时心里就会有种说不出的难受。因为在安葬老人的时候，告别的是过去，并且留下了对他的回忆。但是送走孩子的时候是在埋葬未来，充满无数种希望和可能性的未来，在父母的设想中只有美好没有伤痛的未来。走了的孩子没有留下回忆，只留下了梦想。所以当这些充满希望和梦想的未来破碎时，就会格外难过。

二姨还记得，在为一位小孩子整理好遗容之后，让父母见最后一面，父母不愿接受现实，认为孩子只是睡着了，一直在跟孩子说话。在工作人员提醒必须要去火化，并且告知他们因为孩子太小，不能保证一定留下骨灰时，才如梦初醒，认识到孩子已经不在的事实，开始哀求工作人员一定要留下一点骨灰，让夫妻俩有个念想。当工作人员拿出火化后的一点点骨灰时，孩子的母亲开始号啕大哭，甚至跪下感谢工作人员。

在这个每天都在快速浏览他人人生的工作里，二姨从原本为了生活不得不哆哆嗦嗦地面对恐惧的菜鸟变成了成熟稳重、看淡生死、不畏生死的优秀遗体整容师。在工作期间，她以无微不至的关怀给逝者最后的体面，也给逝者家属留下逝者最后一面的安详，而不是让他们面对逝者痛苦的面容。

在生活中，二姨更加珍惜和家人在一起的时光，并且能够坦然面对生活中的苦难，在自己力所能及的范围内，让生活更美好。在珍惜生命的同时，也不害怕死亡的到来。正像是电影《入殓师》中的一句台词："死亡，就是一扇门啊，它不意味着生命结束，而是穿越它，进入另一个阶段。我就像是一个守门人，送很多人穿越这道门，对他们说声，路上小心，我们后会有期。”

但是并不是所有殡葬从业者都能像二姨这样，即使在极其压抑的环境中工作也能调整好自己的心态。更多人其实是像表哥一样，会因为每日沉浸在同样悲伤压抑的哭泣中而感到抑郁，甚至觉得不管生死都没有了意义，不能恢复到正常的生活中。再加上社会偏见带来的压力，亲友的不支持等因素，都会让很多人最后选择转行。所以殡仪馆的人员流动比较快，很多人在殡仪馆都工作不了多久就会离开。

如果哪份工作非得扯上“人生”二字，那么殡仪馆的工作，大概就是其中一种。对于这里的工作人员来说，这是一份谋生的活儿，也是一份不得不走心的工作。如果把人生比作一次旅程，那么这里就是每个人的最后一站。这里的工作人员认真地对待逝者，不只是告慰家属，更是对生命的一种尊重。他们努力将这份工作进行下去，同时这份工作也在塑造着他们的观念。在这里的工作的人们比其他人更能从容地面对生死，也更能体会到生命的可贵。《论语》里说，“未知生，焉知死”，就是教育我们要好好活着，活在当下，珍惜当下。尚且还没活得明白，怎么能够明白死亡呢？

（文／文静）

医者仁心，漫漫长路终不悔

“医为仁术，必具仁心。”

走过人生将近半载的他，努力在预防医学方面发光发热的他，对于这句话有很深的感悟。他并非从事人们所熟知的，救死扶伤的临床医学方面的工作，而是人们不甚了解甚至常常被人忽视的预防医学，但是他依旧牢牢地把这句话放在心中，在岗位上兢兢业业，认真做好每一项工作。

每个人决定学医的原因都不同，有的人因为心中有着远大的理想，想要学医救死扶伤，有些人则是迫于无奈才走上学医之路。

阿辉（化名）属于后者。他坦言，在他生活的年代里，父母的意见和安排不可违抗，孩子们并没有什么可以选择的，父母说做什么，就只能做什么。

阿辉也曾想着长大以后要经商，要成为一名大老板，但事实上他只能听从父亲的意见，在十八岁读完高一的那一年，参加了广东省技工学院统一招生考试。

现实很残酷，阿辉的家里穷，再往下还有一个正读初中的妹妹和还在读小学的弟弟，身为家里的长子，需要“顶天立地”，所以家人总是盼着阿辉早点出来工作，以减轻家里的负担。

在这种压力下，阿辉妥协了。

当时，技工学院是通过统一考试招生的，类似于如今我们熟悉的高考的模式。最终，阿辉顺利考入了梅州市技工学校预防医学专业。阿辉的父亲就是在卫生部门工作的人，他希望儿子阿辉可以走跟他一样的路。因为当时国家有政策规定，父母的工作单位对于家属有一定的照顾，父母可以要求安排自己的孩子到本单位工作。当时的工作并不好找，很多时候只能从“关系”和“人脉”入手。综合以上种种，阿辉只能当起父亲的接班人，开始学医。

毕业那年，阿辉回到大埔县老家，在梅州市大埔县大麻镇中心卫生院开始了为期一年的实习工作。他跟着院里的前辈们学习业务，一起上夜班。阿辉印象最深的几件事就是跟随老前辈们一起去每个乡镇以及每个村落的接种点开展接种工作，给村民们接种预防传染病的疫苗。

20世纪90年代的乡村条件很艰苦，卫生院只有一辆摩托车，只有院长可以骑。其他人只能骑自行车、乘船甚至步行。因为接种点路程遥远，阿辉早上六点就要出发，到傍晚六七点才能回到卫生院，碰上下雨天就更艰难，当年路面还是泥路，下了雨之后路很滑，很容易摔倒。

即便条件再艰难，路途再遥远，他们依旧要坚持在工作岗位上，向村民们做好疾病预防的宣传和科普工作，告诉他们必须接种疫苗的原因。只有依靠工作人员向群众宣传，群众才能明白接种疫苗的重要性。但是由于当时疫苗还是收费的项目，很少有人会购买和接种疫苗。这也是因为大家的经济条件不好，解决温饱尚且勉强，从何谈身体健康方面的保障?

但是阿辉和同事们并不灰心，想尽办法努力劝说他们，一定要让他们懂得这方面的知识。这一年的实习经历给他留下了非常深的印象，不论是前辈的谆谆教导，还是和同事们一起外出工作时围在一起热热闹闹吃饭的场面，他至今都还记在心里。

这也让阿辉深有感触，他逐渐懂得了身为医者所需要的那种责任感和奉献精神，这是他在未来的人生中追求和坚持的东西。

为预防医学事业奉献半生光阴

在工作上表现积极的阿辉受到了卫生院院长的关注，这使阿辉可以继续留在卫生院工作。阿辉非常珍惜这个机会，决定在卫生院里继续从事预防接种的事务。

认真工作了四年后，阿辉的父亲作为卫生部门的职工可以将自己的子女调到自己的单位上班，而阿辉在乡下已经磨砺了几年，这个时机已经成熟了，于是就向领导提交了申请，将阿辉调到了县城的大埔县防疫站（如今的疾病预防控制中心）工作，从事“计划免疫”工作，包括给县城里的儿童打预防针以及指导全县各镇的预防接种工作。

阿辉每个月会固定抽出三天给县城的学龄前儿童进行疫苗接种，其余的时间则是对全县各镇的预防组进行预防接种工作如何开展的指导。当时，由于有子女可以接替父母工作这一政策，大多数工作人员都不是对口预防医学专业的甚至不是专业医学方面的人，都不清楚预防医学这方面的业务，如果不去指导他们工作，他们根本无法做好工作。阿辉看到这种情况，只能尽心竭力地去教导他们如何工作，帮助他们解决在工作中遇到的问题，但其实这并不能从根本上解决问题。

除此之外，另一个问题是，当时政府以及卫生部门只重视医疗，而不重视防疫方面的工作。其中的原因比较复杂，原因之一是当时条件的限制，政府对整个卫生系统的拨款都很少，员工的工资很低，只有通过医疗才有创收，保证给每个工作人员发出工资。虽然防疫方面也有收入，但是很低，每支疫苗的价格也不过几块钱。卫生部门意识到了对防疫的忽视，但是必须靠医疗来保障整体的收入。

虽然从事防疫的工作人员素质不高，但是阿辉认为他自己不能不重视防疫工作，所以更要手把手地指导他们，更要认真地对他们进行考核，一年最少大考察一次，平时也要不定期督察。

时至今日，他仍坚持对乡镇的工作人员进行系统性的培训，并进行严格的考核和督察，阿辉说，这是一种对工作的负责，是一腔对防疫事业的热血。

2003 年，防疫站改名成“疾病预防控制中心”，是因为当时国家为了与国际接轨，但是业务没有进行很大的变动。

正式改名后不久，非典就在全国爆发了。

非典爆发初期死亡率很高，梅州市这个小城市的市民们也受到了影响，甚至都不敢出门，街上的人们也大多戴着口罩。

面对这类传染病疫情的爆发，医务人员永远是冲在第一线的，很多医务人员都受到感染，有些医务人员甚至牺牲在抗击非典的前线。尽管如此，他们仍无所畏惧，奉献自我。阿辉在说起自己感想的时候，只是轻描淡写，一笔带过，在他看来，这种付出只是他们应该去做的，无须多言。

幸运的是，很快专家们研究出了一套严密的预防非典病毒感染的方案，对于防护服要穿多少层，口罩要戴哪种型号且必须对病毒有针对性，眼罩要用哪种材质，都有了严格明确的相关要求。这套方案大大降低了前线的医务人员被感染的概率。

当时，疾控中心为了防控非典，需要对每一例发烧的病人进行检测，并且会对其进行及时的半强制性的隔离观察，七天后恢复正常体温才可以接触外界人员。除此之外，每天会对进出大埔县的每一班车的乘客进行体温的检测，超过正常体温的人同样的会被留下来进行隔离和观察，对每一个环节的把控都非常严格；每天还会对客车进行消毒，以减少病毒的传播途径。

在这种周密的检测防疫措施下，梅州市包括大埔县都没有出现一例非典疫情，可以说是平安地度过了这场全国爆发的传染病疫情。

在非典疫情于全国都得到控制之后，国家政府也意识到了传染病防控的重要性，对疾病预防控制中心的工作更加重视，大埔县政府甚至拨款给疾控中心重建了办公大楼，改善办公条件，虽然经费不多，但阿辉非常开心，他为之努力这么久的工作终于受到了重视。

卫生部门甚至还给他们增加了办公设备，给每个乡镇都配备了疫情报告专用的电脑，如此一来，每一级的人员都可以逐级上报工作，第一时间监控传染病情。

这对他们来说是一种鼓舞，而这时的关注与支持更像是给他们“打了鸡血”一样，更想为这个事业尽心尽力。对于后来在全国爆发的甲型流感，他们有了更多的经验和更好的设备条件去应对。

阿辉主动接下这份工作，将近一个月的时间，他都忙碌于给民众接种防疫疫苗的工作。他计算了一下，大约给几万人接种了疫苗。在全国人民的努力之下，甲型流感的疫情也逐渐得到控制。

2010 年，阿辉因出色的工作表现和对防疫事业的热情，被调到了预防接种门诊担任主任，负责县城里的小学、学前班新生的传染病预防接种免疫证以及犬伤人员的狂犬病疫苗接种方面的工作。他们要及时发现国家规定的各项相关疫苗未及时接种的儿童，对其进行及时的接种，并且给他们开入学验证证明，做好每一个儿童入学前最后一道把关工作。

他坦言，这项工作看起来轻闲，实际上非常忙碌，每天耳边都充斥着孩子们哭闹的声音，并且还要不停地安抚他们。给儿童打针是一件难度很高的事情，稍不注意就打不好，更会招来家长的反感。

最忙碌的那段时间，阿辉甚至忘记了自己年幼的女儿还没有接种水痘疫苗，结果女儿就这么感染了水痘，说起此事，他心里满是愧疚和酸楚。

群众是责任，不是苦恼

对于每个医务人员来说，最困难的不是每天的夜班，不是每天的奔波，不是忙碌过后的劳累，而是与民众之间那解不开的结。

群众对于预防接种的意识一直以来都比较薄弱，以前疫苗需要收费的时候，很多人觉得疫苗太贵了买不起，都对其敬而远之，工作人员给他们做思想工作需要耗费很多的时间和精力。

而在现在，人们的经济条件都得到了改善，对疫苗的价格不再敏感，并且国家已经不再对一类疫苗进行任何收费了。一类疫苗是指预防结核的卡介苗、预防乙肝的乙肝疫苗、预防麻疹的麻疹疫苗等项目，这些都是比较主要且重要的疫苗，被国家纳入了一类疫苗管理，而剩下的水痘疫苗、肺炎疫苗等还是需要收费的二类疫苗。

有可能是出于免费的东西肯定不重要的心态，也有可能宣传人员的宣传工作没有做到位，不能将疫苗接种真正地融入人们的生活和意识当中。

矛盾发生的原因经常在于，很多家长没能在孩子学龄前及时完成一类疫苗的接种，导致家长要带着孩子在开学前进行比较多的疫苗的补种，尤其是当孩子打针的时候都要哭闹，家长对于孩子都会很难受心疼，所以不自觉地会对工作人员产生比较大的意见，忍不住就把火气撒到工作人员身上。

还有一种情况是，有部分孩子的体质比较特殊，在接种了疫苗之后会出现发烧、伤口红肿等症状，甚至有个别儿童还会出现休克等现象，对于这种状况，家长们不了解这其实是比较正常的反应，将这一切都怪罪到给孩子接种的工作人员身上。阿辉印象最深的一次是一个孩子的家长脾气比较暴躁，孩子出现不适后第一时间打电话联系他，情绪比较激动，语言也很粗暴，在阿辉几番解释之下他依旧不能理解，甚至扬言第二天要拿着刀去门诊闹事，阿辉气得发抖但是也只能尽力跟这个人解释，让他及时带孩子去医院就诊，不要耽误了治疗的时间。

还有一种更特殊的情况是，当时很多家长为了逃避计划生育政策，怕带孩子接种疫苗后会被计生部门发现，就带着孩子去外地打工，没有及时接种疫苗，待孩子回来上小学的时候才发现很多必要的疫苗没有接种，甚至会影响入学的时间。孩子需要补打很多疫苗，还没办法及时入学，所以家长对这种规定的意见也非常大。

阿辉说，情绪激动的群众拍桌子踢椅子，甚至用言语辱骂、威胁工作人员，这种情况是经常出现的，基本上每年都有好几次闹得比较大的。但是医务人员必须坚持工作原则，必须打的疫苗就一定要落实，这是对工作的负责，对接种疫苗的孩子和家庭的负责，也是对所有孩子的负责。

传染病不等同于其他病，一旦一个孩子感染了病毒，那么周围的孩子都很有可能受到影响，这是一项长久性的社会工作，疫苗接种后虽然不会立马见成效也不会很快失效，但是它是必要的。

阿辉说，他们也是有父母、有孩子的人，他们深深地明白要对自己的家人负责，也要对群众及其家人负责，而不是得过且过，他们不想打就不打，这是绝对不行的。

他希望，群众可以对每一位医务人员多一些理解，体谅他们工作的辛苦与不易。医务人员的工作很多也很累，几乎抽不出时间去陪伴家人，在为民众服务的同时也希望接收到民众对他们的理解和善意，这就足够了。

人生是一座需要不断攀登的山峰

阿辉心中始终有一件很遗憾的事，那就是他的学历。中技的学历早已没有任何的含金量，对命运不服输的他终于下定了决心，在2005年的时候报名参加了全国的成人高考。高中仅仅读完高一的他重新拿起了课本开始学习语数英等科目开始备考，最终他如愿考上了广东药学院（今天的广东药科大学）预防医学专业，因为是在职读书，所以每个月都有两个星期的周末要去市区上课，那个时候县城到市区要将近两个小时的车程，阿辉始终不惧风雨，坚持上课，而五一节国庆节的假期都要进行考试。

四年时间一晃而过，他终于拿到了函授大专的文凭。

紧接着，他凭着大专文凭继续报名就读了当地的一所国家开放大学——中央广播电视大学，就读于行政管理专业，三年后他也如愿以偿，拿到了本科的文凭。

阿辉说，虽然这些文凭在现在看来很容易拿到，但是他还是忍不住为自己感到骄傲。他一直对自己的学历低感到遗憾，经过七年的学习终于拿到了本科的文凭，是对自己命运的一种不服输吧。

他坦言，在这几十年的工作中，他也认识到知识的重要性，没有知识是一件非常吃亏的事情，他对于自己孩子的学习一直抓得很紧，生怕她重蹈自己的覆辙。女儿热爱生物学科，他对此有些无奈。

出于私心，他并不希望孩子从医，因为他知道，学医很苦很累，从事医疗事业更是说不出的一种苦楚，尽管他热爱着这个事业。他与孩子认真地进行谈话，诉说了自己的想法，让孩子自己思考未来的路要怎么走。阿辉不希望把自己的想法强加到孩子身上，正如当时他的父亲对他做的事情那样，他更希望尊重孩子的意愿。

阿辉说，人生就是一个不断学习的过程，有些路要自己真正去走了才知道，他希望每个人选择了自己的道路之后都可以坚持走下去，因为是自己选择的，所以没有什么好后悔的，不断地去磨砺自己，干一行就能爱上一行。

二十弱冠、三十而立、四十不惑、五十而知天命。

阿辉即将年过半百，早已没有二十岁那年的冲劲，但是他依旧热爱着预防医学这个事业，他会将自己的一生奉献在自己的事业上，让它发光发热。

（文中人名均为化名）

（文 / 郭莹莹）

你，可曾守望黑夜

引子

昏黄的路灯，闪光的大厦，切割出紫色与黑色的天际。夜幕渐深，人们在匆匆赶往回家的路上。而他们的一天，却才刚刚开始。

正如郝景芳笔下的《北京折叠》，在这座一线城市，也同样上演着“广州折叠”。

他们中有的人是退伍后的老兵，有的人是退休后离群索居的工人，有的人依然在“夹缝”中生存。

但当黑暗降临时，他们只有一个身份——“天光墟”的摊主。

在这里，没有人知道他们的姓名，没有人知道他们的过往。几个小时过后，他们就会消失在朝阳里。

老大

凌晨一点的广州，整座城市都沉沉睡去，但有一个地方，才刚刚苏醒，那就是“天光墟”。

它还有一个响亮的名称——鬼市。

老大走上海珠桥桥头，此刻在他面前展开的，是一条长达几百米的地摊路。从桥头到桥尾，一路摆满了地摊，收音机、旧电池、过期盒饭、过期药、二手手机、古玩、破衣服、老明信片……包罗万象，无奇不有。

就像是闯入了宫崎骏的电影《千与千寻》里夜晚才开始营业的汤屋，满满都是金钱与奇幻交织的味道。

传说中的墟市就在这里开张，它是一种特殊的民间集市。

在粤语中，“天光”是天亮的意思，“墟”是集市，因为天光墟只在凌晨开市，一到天亮则立即结束，所以人们给它取名为天光墟。这种是一种广州独有的现象。

在天光墟，聚集了一大批以深夜交易为生的群体。近两年来，这个群体开始受到越来越多的关注。

这里的物价仍停留在几十年前的光景：两元一件旧衫，十元一双鞋，两元一个过期饭盒。

在这里，什么都可以卖，什么都可以买。除了古玩玉器之类的东西，大多数的东西都以常人不可想象的低廉价格来出售，这里是属于穷人的天堂。

而老大，就是在这个夜色中活动着的谋生的一员。

老大名张帅，是河南人，今年刚四十出头。他有些稀疏的头发油黑发亮，向脑后齐齐地梳去，整个人看起来很是精练。谁能想到，天光墟竟是他现在唯一的生计来源。

十几年前，是他人生中最为鼎盛的时期。那时，他还是广州一家工厂的打工仔，每个月可以拥有固定的收入。直到后来，他离开工地，先后辗转到荔湾路、海珠桥等一些地方的天光墟摆地摊，他才每况愈下，日子过得一天不如一天。

现在，他正在收拾今夜摆摊要卖的东西。他将物品一件件地从三轮车上卸下来，整理好后，放在地上铺的报纸上面。

离开工地的这几年，老大每晚都在天光墟摆摊。每当夜幕降临，他就会回到这里打好地铺、安营扎寨——这里既是他摆摊的地方，也是他每晚过夜的地方。

整个一条海珠桥摆满了摊位，从桥头的一边一直延伸到另一边。他掌管着这里将近四分之一的摊位，因此“老大”的称呼就这样流传了下来。

天色越来越暗，这里也渐渐开始热闹起来，不仅摆摊的摊主越来越多，前来观看的买家也越来越多。他们每人拿着一只小手电筒，凑到各个摊位前观看。

这时，老大也利索地将他自己的摊位收拾好。

现在是一点三十分，海珠桥上不时有习习凉风吹过，站在桥上向前望去，各式各样的小贩基本都已就位。他们裹着破旧的棉袄，在夜色中期待着第一单的来临。

夜色下的珠江倒映出海珠桥的影子，也倒映出这个繁华大都市背后的荒凉。

十年

在这里，有一套天光墟所独有的江湖规则。

其一，来这里逛摊的人们都携带有一个小手电筒，便于在夜色中查看物品。手电只能照商品，不能照人脸；其二，“一手交钱，一手交货，不问真假，不退不换”。

老大向我说道：“半夜来了，大家买完喜欢的东西后，谁也找不到谁。如果捡漏发财那是命好，如果看走眼被‘坑’了，自认倒霉！”

在天光墟，进行的基本都是一次性交易。卖家并不会强求你去购买什么物品，但是你一旦决定买下它，就再也没有退货的余地。

此外，这里的大部分摊位都只收现金。手机支付这种高科技，还没完全渗透到反应迟钝的墟市里。在大多数情况下，他们只进行小面额的现金交易。

据老大说，他每天晚上十一点来到天光墟开始摆摊，直到第二天早上六点时墟市结束，他就会收拾好东西，然后离开海珠桥。

当被问到在这里摆摊摆了多少年时，他含糊地回答道：

“唉，也没卖几年，记不清了。主要是为了糊口，养家养自己。”紧接着叹了口气，又加了一句，“白天也不睡觉的，有时候要找货拣来卖。”

几年前，仅靠在天光墟摆摊，老大一天能卖几百块。但是，这种情况并没有持续多久。随着时间的推移，这两年天光墟里的生意渐渐一天不如一天，他挣到的钱也越来越少。

在以前，衣服、鞋子和包，被并称为天光墟的“三大件”，它们是天光墟里卖得最好的东西。

“现在卖不动了。”老大从捡来的躺椅上起身，向我摆摆手。

“以前就是这些”，他指着地上摆的几件旧衣服，“哪怕就是脏的烂的，五块十块，都行。”

海珠桥上各个摊位前摆的衣服，大多是一些破旧的二手衣服，只有少数看起来比较新的。尽管这些衣服看起来有些寒碜，但是价格却不会让人失望。墟市里的这些衣服，大多只要几块钱的价格，摊主们就会答应成交。

这些二手衣服，往往是被一些露宿于海珠桥上的流浪汉买去过冬。对于他们，天光墟是获取生存必需品的最佳来源。在海珠桥上，他们能够以自己可以承担的价格买到一些必需品，来维持自己的生活。

尽管生活充满了窘迫与困境，但是他们还得继续。随着在天光墟混迹的时间越来越长，流浪汉们也渐渐学会了砍价。

“现在不行了，现在你好的要五块，他都要跟你讲价，他说贵。”老大站在桥头跟我们说，缓缓地点了一根烟。

在天光墟，一切的精髓就在于砍价与保持价位，这是一种买家和卖家的博弈。

前来天光墟的不仅有猎奇的年轻人，有流浪汉，更多的是打着专业手电、戴着头灯的“老主顾”。他们才是这个墟市中最深谙于摊贩心理和交易之道的群体。往往正是他们，在和摊主们进行着“大出血”的砍价。

如果他们进行得顺利的话，几个回合下来，就可以以较低的价格成交。

在天光墟度过的这几年中，老大白天在海珠桥附近捡拾垃圾，晚上回到海珠桥摆摊。他每天的主要任务就是沿着珠江边搜罗东西，看到觉得好的东西就收起来，作为晚上开市售卖的一些小物品。

有时，他也会去翻一下垃圾站，看看有没有别人留下的有用的东西。“睡觉时间很少。这样子，困了就睡。”他说。

对于天光墟的许多摊主而言，即使在白天，他们也往往很少休息，尽管他们晚上还要花一个通宵来进行“鬼市”的交易。

白天，他们或者去批发市场进货，或者去垃圾站拣拾东西。总之，摊主们需要用这个时间为晚上的摆摊做好一定的物质储备。

毕竟，对于他们来说，一个月的全部收入就是在天光墟摆摊所挣到的钱。如果哪天没有捡到东西，或是门前冷清，就很有可能面临饥一餐饱一餐的情况。

这种不确定性极大的经济来源，显然构成了对于生存的极大挑战。那么，是否还有别办法可以用来谋生呢？

十二年前，老大从河南老家来到广州打工。和其他农民工一样，他也曾怀揣着对于大城市的期待，在这个城市中为了谋求生计而四处奔走着。

他每天在工地负责搬运，一个月下来可以挣到五六千块钱。这样的工资对他这样的农民工来说，还是比较可观的。

老大的性格比较直，平常也容易暴躁。起初，尽管偶尔会和包工头会有些小摩擦，但都不是什么大问题。直到后来，他们因为一次口角，在工地上又闹出矛盾，老大一次又一次的忍耐终于到达了顶点，在工地上和包工头大打出手，最终一切不欢而散。

以自己的性格，老大觉得不适合打工，于是他决定离开工地另谋生计。

离开工地后，老大开始正式成为无业游民。他白天在外面流浪，晚上露宿街头。百无禁忌的天光墟，就是他最好的“搵食”之地。

老大先后去过羊城的几个天光墟。据他所说，靠在天光墟卖捡来的东西，每个月连两千块钱都挣不到。这跟原来的工资相比远远不在一个水平线上，但是他自己却也看得开。

“我这个性格也打不了工，每次打不了几天工就要和别人闹矛盾了。我也只有干这个。这个就是比较自由一点。”老大这样解释道。

在天光墟，有两类摊主。一类，便是像老大这样的小摊贩。他们依靠天光墟来存活。其中，以下岗工人和流浪汉占据多数。另一种则是带有一定欺骗性质的古玩商和非法交易商。

在这里，他们并不会像往常的集市摊主一样叫卖，他们所做的，仅仅只是在桥上铺上几张报纸，或坐或卧，蜷缩在这个城市黑夜中的一角。有些摊主甚至在不知不觉间就迷迷糊糊睡着了，直到有看客过来叫他们，他们才会慢慢地起来招呼客人。

毕竟，卖的都不是什么昂贵的东西，也就不在意有人顺手牵羊。

凌晨两点半，夜色下的天光墟依旧可以听见人们窸窸窣窣的脚步声，展现着这个繁华的大都市背后不为人知的萧条的一面。

它就像一条紧紧扒在海珠桥上的黑色蛔虫，借着黑暗，伺机而动。它提醒着人们，广州不只有光鲜亮丽的珠江新城，还有属于底层的小小一隅。

海珠桥

海珠桥天光墟是出了名的“百货”集散地，除了过期薯片、发霉皮鞋外，还有各种“黑货”。二手自行车或是二手手机，都在夜色掩蔽的天光墟下进行着交易。

此外，还有各种各样的杂物。比如那些分不清年代的“咸书”，女孩子的脸庞早已褪色，几块钱就能买走。还有一些摊位摆满了古玩，陶瓷做的朝珠100块一个，翡翠戒指300多块一个。

这些东西虽然看起来精美，但你要问起货的来历，摊主们多数讲话都是模棱两可——“我从别人那里收来的。我也不清楚，但我觉得可能是宋代的。”

这就是天光墟的另一个群体，尽管他们的东西来路不明，也还是借着夜色的遮掩，混入了鱼龙混杂的鬼市。

对于第一个群体来说，天光墟意味着一种谋生的手段。这些人多数是像老大一样的流浪汉，他们由于生活的窘迫，走投无路，只能在夹缝中靠天光墟为生。

他们用从桥上买来的过期食物填饱肚子，最后又用捡来的物件在天光墟摆摊，从此找到了在这个偌大城市中属于自己的一个小小的“容身之地”。

墟市

据说，天光墟最早出现在唐朝，当时被称为“鬼市”。

在唐朝郑熊的《番禺杂记》中，就有“海边时有鬼市。半夜而合，鸡鸣而散，人从之多得异物”的记载。

清末民初，天光墟迎来一个鼎盛时期。由于当时战乱不断，大量文物由宫廷、大户人家流散于社会，落入古董商手里。商人将其辗转私运广州再出口，天光墟变成了当时广州古董玩物的集散地。

除了文物，天光墟上还会贩卖诸如器皿、故衣等二手物品，生活在战乱中的人们会买来作生活资料的补充。抗战时期，烂马路天光墟就以二手物品交易闻名。

天光墟以摆旧家具、器皿、故衣、什架等二手廉价货物及古董、字画、古籍、盆栽等为主。原墟址在广州长寿西路来初地一带，是旧社会丐帮和国民党警局庇护下的夜间集市。

可以说，早期的天光墟，就是地下的旧货市场。但偶有一些时期，它也会承担某些别的功能。改革开放初期，商品在变多，“走鬼”也在变多，广州天光墟蔚然成风。逐渐形成了文昌北路、人民南路、海珠中路、海珠桥、陶街、海珠桥等多个有名的“天光墟”。

文明城市

随着商业业态越来越丰富和规范，“天光墟”这样的存在注定会被渐渐淘汰。由于它给城市的一隅造成了脏乱差的影响，已经陆续地受到了一些住在附近的百姓的投诉，他们指责这些摊贩夜晚摆摊的扰民行为。

近年来，广州市为了建设全国文明城市，已经先后取缔了现存的一些天光墟。开了30年的荔湾路电子旧货市场逐渐消失，人民北路天光墟也已被取缔……

天光墟取缔以后自己该去哪儿，成了老大目前所面临的难题。

尽管，政府相关部门正在采取措施查封“鬼市”，但是天光墟中的人们还是想出了一些对策。

他们以“打游击”的形式和街道综合执法队伍周旋。如果政府派出的相关人员仅靠查扣和守点等方法，而不设置相应的疏导区进行规范和引导，很难硬性对天光墟进行取缔。

不管怎样，不同的人来这里，有着不同的需要。

有些老人在天光墟实现了自己最年轻时的梦想，他用三十元买到了曾经最奢侈最想要的大哥大电话，买到了曾经最喜欢的明星写真。

在这里，有着千奇百怪的东西，也有着各式各样的人；有着很现实的生活，也有着很文艺的情怀。

既然天光墟从旧社会就已经存在，那么就一定有它存在的道理。如果不从源头上解决根本的问题，仅靠查封是查封不完的。

“到那时，又会有新的地方可以去。”老大这样开解道。

尽管这个问题令人绞尽脑汁，但老大还是尽量抱有一种乐观的心态。他相信，一个天光墟被封禁了，他还有其他的天光墟可以去。

毕竟，千百年来的“鬼市”都是如此。它们满足了一代又一代人的需要，一如海珠桥上的墟市一般。

尾声

每当天蒙蒙亮时，海珠桥上的路灯瞬间全部熄灭，给天光墟中的小摊贩打出收市的信号。

这时，老大他们就会开始收拾商品准备离开。他们要给早起上班的人们让出路来，也不想等着城管来驱赶。

七点左右，他们就陆续离场，消失在朝阳中。

而这个城市中的其他人则渐渐醒来，他们走上街头，一切又恢复了白天原有的生机与活力。

日子就这样一天又一天地继续循环下去。没有人知道，在这个城市背后，老大和其他像他一样的摊主将会面临怎样的明天。

这样的地方不是仅仅存在于海珠桥。在广州，还有很多这样的天光墟，诸如西门口、陶街、文昌北路、荔湾路等。那里也有很多像老大一样的小摊贩。

或许，老大的故事，不仅是属于他一个人的故事，也是这一群体所共有的状态。

“每当城市睡去时，他们醒着；每当城市醒来时，他们还在醒着。”

如今，幸存下来的文昌北路和海珠中路天光墟已不复往昔盛况，摊主和顾客都越来越少。

如果 12 年前，老大不是性格暴躁，离开工地，那天光墟一切，都将与他无关。

（文中人名均为化名）

（文 / 陈嘉璐）